SCÉALTA EILE

Irish short stories with English translations

by Dymphna Lonergan

ISBN 978-0-6457721-0-4

This edition first published in 2023 by immortalise
www.immortalise.com.au

Internal and cover art by Tyler Lonergan
Typesetting and cover layout by Ben Morton

Check out Dymphna's other book *As Gaeilge*, also published by Immortalise.

To the Lonergans, my Australian family:
Johnny, Lesley, Kate, Tyler, and Sean

Contents

His First Rodeo   2

A Chéad Róidió   3

The Forest   14

An Fhoraois   15

The Hairdresser's Story   30

Scéal an Ghruagaire   31

In Search of Snow   48

Ar Thóir Shneachta   49

In Search of Love   74

Ar Thóir an Ghrá   75

His First Rodeo

A large hat was plonked on his head, and a glove shoved on one hand, as an old man took a step forward, 'Is this your first rodeo?'

'Yes and no', he replied with a laugh. 'Don't be stupid', said the man in a low rough voice. 'I am going to give you the most important advice about the rodeo now. Hold the strap loose and when you fall off the bull after a second, and you won't last any longer than that, open your hand.' He turned on his heels and walked out of sight, like John Wayne at the end of *The Searchers*.

He walked the Wayne walk to the railings and stood there waiting his turn. He pushed back the too big hat and straightened his shoulders. Yes, he was finally a cowboy. Not in the United States, of course. But the light of South Australia was as bright as the light beyond in the land of the cowboys. And there was freedom in this country as he had imagined there would be when he decided to leave his native country.

He began humming cowboy songs: 'Don't Fence Me In' and 'Rawhide'. He felt his pulse race and anxiety rising. He was sweating under the hat, and the sweat was dripping into his eyes. He pushed the hat back and wiped his forehead with the back of his gloved hand. The glove came off, but he caught it in time before it fell on the ground.

He looked around to see if anyone had seen the mishap.

He was angry that he had not thought to bring his own hat and gloves. But he didn't know when they left the house that morning that he would be taking part in a rodeo. He knew nothing about

A Chéad Róidió

Cuireadh hata mór ar a cheann, agus lámhainn ar a lámh chlé, agus thóg fear aosta céim ar aghaidh, 'An é seo do chéad róidió?'

'Sea agus ní hea', a d'fhreagair sé le gáire. 'Ná bí amaideach', arsa an fear i nguth íseal garbh. 'Táim chun an chomhairle is tábhachtaí faoin róidió a thabhairt duit anois. Coimeád an strapa go scaoilte agus nuair a thiteann tú den tarbh tar éis soicind, agus ní fhanfaidh tú níos faide ná sin, oscail do lámh.' Chas an fear ar a shála, agus d'imigh sé as radharc, leis an siúl céanna a bhí ag John Wayne ag deireadh an scannán *The Searchers*.

Shiúl sé leis an siúl sin go dtí na ráillí agus sheas sé ann ag fanacht a sheal. Bhrúigh sé siar an hata rómhór agus dhírigh a ghuaillí. Sea, bhí sé ina bhuachaill bó faoi dheireadh. Ní sna Stáit Aontaithe, ar ndóigh. Ach bhí solas na hAstráile Theas chomh gheal leis an solas thall i dtír na buachaillí bó. Agus bhí saoirse sa tír seo mar a shamhlaigh sé a bheadh ann nuair a chinn sé dul ar imirce óna thír dhúchais.

Thosaigh sé ag crónán na hamhráin a bhaineann le saol na buachaillí bó: 'Don't Fence Me In' agus 'Rawhide'. Mhothaigh sé a chuisle ag rás agus an imní ag éirí. Bhí sé ag cur allais faoin hata agus bhí an t-allas ag sruth isteach ina shúile. Bhrúigh sé an hata siar arís agus chuimil sé a éadain le cúl an lámhainn. Tháinig an lámhainn de, ach rug sé uirthi sular thit sí ar an talamh.

D'fhéach sé timpeall féachaint an raibh an míthapa feicthe ag éinne

Bhí fearg air nár smaoinigh sé ar a lámhainní agus a hata féin. Ach ní raibh a fhios aige nuair a d'fhág siad an teach ar maidin go raibh sé chun bheith páirteach i róidió. Ní raibh sé eolach ar

rodeos outside of the movies. He was only pretending to be a cowboy. Like everything else in his life. He was always pretending to be someone else. Yes, he was a right chancer, but today was serious. This was the greatest challenge in his life. He was on his own facing the world.

He looked up under his hat and saw his wife waving her hand and smiling. She pointed down to the camera in her other hand. He straightened his back. Yes, he had married the right woman. A young woman who was happy to emigrate from Ireland with him. He had tried to do so twice before when he left for London, but he came back to Waterford every time because of the loneliness. He thought then that he was a coward who failed to stand up for himself. That he was still hiding behind his mother's skirts.

His wife was a Dubliner, with more confidence than he had to go overseas. She was at his side all the time, and now she was ready to take a photo of the most important thing in his life. The day he was on a bull's back at a rodeo, riding proudly into the arena, the crowd shouting, and the exhausted bull at the end. He would be able to see the photo instantly with this camera they had bought on the ship from Southampton a few months ago. He would be able to send a copy to his mother in Ireland. She would be proud of him, no doubt.

He started to hum 'Buttons and Bows' and felt his confidence rising. That cheery melody, the rhyme and rhythm coming from the radio when he was a child. He and his mother singing along. Later came the cowboy movies. The best of them Roy Rogers, 'king of the cowboys', and his horse Trigger. Trigger doing tricks in every movie, and Roy Rogers singing, and the white hat he never lost.

róidiónna seachas sna scannáin. Ní raibh sé ach ag cur i gcéill gur buachaill bó é. Mar an chuid eile lena shaol. Bhí sé i gcónaí ag ligean air gur duine éigin eile é. Sea, caimiléir ceart é, ach inniu bhí sé i ndáiríre. Ba é seo an dúshlán is mó ina shaol aige. Bhí sé ina aonar os comhair an domhain.

D'fhéach sé suas faoina hata agus chonaic sé a bhean chéile ag croitheadh a lámh agus meangadh ar a haghaidh. Dhírigh sí a méar síos go dtí an cheamara ina lámh eile. Dhírigh seisann a dhroim ansin. Sea, bhí an bhean cheart pósta aige. Bean óg a bhí sásta dul ar imirce as Éirinn leis. Rinne sé iarracht é sin a dhéanamh faoi dhó roimhe sin nuair a d'imigh sé go Londain, ach tháinig sé ar ais go Port Láirge gach uair mar gheall ar an uaigneas. Shíl sé ansin gur cladhaire é nár éirigh leis an bhfód a sheasamh. Go raibh sé fós i bhfolach taobh thiar de sciortaí a mháthar.

Baile Átha Cliathach a bhí ina bhean chéile, le níos mó muiníne aici ná aigeasan chun dul thar sáile. Bhí sí lena thaobh an t-am ar fad, agus anois bhí sí réidh chun grianghraif a ghlacadh den rud ba thábhachtaí dó ina shaol. An lá ina raibh sé ar dhroim tarbh ag róidió, ag marcaíocht go bródúil ag teacht isteach san airéine, an slua ag béicíl, agus an tarbh traochta ag an deireadh. Bheadh sé in ann an grianghraf a fheiceáil ar an bpointe leis an gceamara seo a cheannaigh siad ar an long ó Southhampton cúpla mí ó shin. Bheadh sé in ann cóip a sheoladh chuig a mháthair in Éirinn. Bheadh sí bródúil as, gan dabht.

Thosaigh sé ag crónán 'Buttons and Bows', agus mhothaigh sé a mhuinín ag éirí. An fonn gealgháireach sin, an rann agus rithim ag teacht ón raidió nuair a bhí sé ina leanbh. É féin agus a mháthair ag canadh d'aon ghuth. Níos déanaí bhí na scannáin leis na buachaillí bó. An duine ab fhearr acu ná, Roy Rogers, 'rí na buachaillí bó', agus a chapall Trigger. Bhí Trigger ag déanamh cleasa i ngach scannán agus Roy Rogers ag canadh, agus an hata bán nár chaill

He settled the hat again. It bothered him that the hat was not white. He realised that it was not practical to wear a white hat at an Australian rodeo with all that red dust around, but at the same time, in the movies the hero always wore a white hat.

Suddenly he had reached the top of the queue, and a cowboy was talking to him with urgency. He did his best to listen, but the noise of the crowd and the noise of the horses in the arena made it difficult. Then he was on top of the rails with one leg on them and another leg on the back of the bull. He sat down carefully. The bull moved, and he remembered the advice he had received to keep his feet away from the bull's body.

He put his hand under the strap that was around the bull's back. He opened and closed his hand as he'd been told. 'Listen to me', said the cowboy. 'I'm not going to open the gate until I get the order from you. That's "give it to me." He moved up and down on the bull's back. He felt that the bull was getting more agitated, and although he was still scared, he said the important words, 'give it to me'.

It is said that at times like this you see your life go by fast, or you see your family or your loved ones. But with 'give it to me', he saw nothing. He heard nothing. He felt nothing. When he came to, he was standing in the arena, a cowboy congratulating him. 'How many seconds?', he asked. 'Two'. His heart dropped. You had to stay on the bull for at least eight seconds to get a score on the scoreboard.

He moved to the exit gate.

After returning the gloves and hat, he ran to his wife's side shouting, 'Did you get them? Did you get photos?'

sé riamh.

Shocraigh sé an hata arís. Chuir sé isteach air nach raibh dath bán ar an hata. Thuig sé nach raibh sé ciallmhar hata bán a chaitheamh ag róidió leis an méid sin deannach dearg a bhí timpeall ansin, ach ag an am céanna, sna scannáin, bhíodh hata bán i gcónaí á chaitheamh ag an laoch.

Go tobann bhí sé tar éis tús an scuaine a shroich, agus bhí buachaill bó ag labhairt leis go práinneach. Rinne sé a dhícheall éisteacht leis, ach bhí sé deacair le torann an tslua agus torann na gcapall san airéine. Ansin bhí sé ar bharr na ráillí le cos amháin orthu agus cos eile ar dhroim an tarbh. Shuigh sé síos go cúramach. Bhog an tarbh, agus chuimhnigh sé ar an gcomhairle a fuair sé roimhe, a chosa a choimeád amach as corp an tarbh.

Chuir sé a lámh faoin strapa a bhí timpeall ar dhroim an tarbh. D'oscail agus dhún sé a lámh mar a dúradh leis. 'Éist liom', arsa an buachaill bó. 'Níl mé chun an geata a oscailt go dtí go bhfaighidh mé an t-ordú uait. Sin "tabhair dom é".' Bhog sé suas agus síos ar dhroim an tarbh. Mhothaigh sé go raibh an tarbh ag éirí níos teasaí, agus cé go raibh eagla air fós, dúirt sé na focail thábhachtach, 'tabhair dom é'.

Deirtear gur ag amanna mar seo feiceann tú do shaol ag dul thart go tapa, nó feiceann tú do chlann, nó do leannáin. Ach le 'tabhair dom é' ráite aige, ní fhaca sé faic. Níor chuala sé faic. Níor mhothaigh sé faic. Nuair a tháinig sé chuige féin arís, bhí sé ina sheasamh san airéine, buachaill bó ag déanamh comhghairdeas leis. 'Cé mhéad soicind?', a d'fhiafraigh sé. 'Dhá'. Thit a chroí. Ba chóir fanacht ar an tarbh ar feadh ochtar soicind ar a laghad chun go mbeadh scór agat ar an gclár scóir.

Bhog sé go dtí an geata amach.

Tar éis na lámhainne agus an hata a thabhairt ar ais, rith sé go dtí taobh a bhean chéile ag scairt amach 'An bhfuair tú iad? An

7

'Let's see' she said activating the Polaroid. A photo came out slowly, painfully.

'Are there others?' he asked looking anxiously at the photo of him standing in the arena brushing the dust off his clothes. Another came out, he on the back of the bull, his hat in the air.

'But what about coming out of the gate?'

'That's all there is.'

His eyes lit up in anger. 'You only had one job', he said bitterly, turning quickly on his heels and heading for the car. 'Fool!', he shouted out over his shoulder.

On the way home they were silent for a long time. After a while she took the photos out again. 'They're pretty good. You were very brave. And we see you on the bull's back, even though his legs and head are not visible '.

'Me coming out of the gate would have been better. I could show a photo like that as evidence that I was in a rodeo. A photo like that would be perfect. '

Silence resumed.

She looked out at the setting sun and sighed.

'Nothing in the world is perfect', she said. 'And no one is perfect'.

'Not true' he said, gripping the steering wheel. 'Roy Rogers. Roy Rogers is perfect. John Wayne is perfect. And Trigger is perfect – for a horse. '

The drive continued southwards. It was pitch black. Nothing to see except the car's yellow headlights.

bhfuair tú grianghraif'?

'Fan go bhfeice mé' arsa sí ag brú ar an bPolaroid. Tháinig grianghraf amach go mall, go pianmhar.

'An bhfuil cinn eile ann' arsa sé go himníoch ag féachaint ar an ngrianghraf ina raibh sé ina sheasamh san airéine ag scuabadh an deannach as a héadaí. Tháinig ceann eile amach agus é ar dhroim an tarbh, a hata san aer.

'Ach cad mar gheall ar ag teacht amach as an ngeata?'

'Sin an méid atá le fáil.'

Las a shúile le fearg. 'Ní raibh ach jab amháin agat', arsa sé go géar. Ag casadh go gasta ar a sháile, rinne sé ar an gcarr. 'Óinseach!', a scairt sé amach thar a ghualainn.

Ar an tslí abhaile bhí siad ina dtost le fada. Tar éis tamall, thóg a bhean chéile na grianghraif amach arís. 'Tá siad maith go leor. Bhí tú an-chróga. Agus feicimid thú ar dhroim an tairbh, cé nach bhfuil a chosa nó a cheann le feiceáil'.

'Mise ag teacht amach as an ngeata a bheadh níos fearr. Bheinn in ann grianghraf mar sin a thaispeáint mar fhianaise go raibh mé páirteach i róidió. Bheadh grianghraif mar sin foirfe.'

Ciúnas arís.

Bhreathnaigh sí amach ar luí na gréine, agus lig sí osna aisti.

'Níl rud ar bith ar domhan foirfe', arsa sí. 'Agus níl duine ar bith foirfe'.

'Níl sé sin fíor', ar seisean. Greim ar an roth stiúrtha. 'Roy Rogers. Tá Roy Rogers foirfe. Tá John Wayne foirfe. Agus tá Trigger foirfe – mar is capall é.'

Lean an tiomáint ar aghaidh i dtreo an deiscirt. Bhí sé chomh dubh le pic. Gan faic le feiceáil ach na ceannsoilse buí den charr.

Around them, one by one, the stars came out. They say that the brightest stars can be seen in the Australian skies. At the top of a hill, he put his hand on her knee. 'Look', he said softly. Right in front of them Venus was rising. And just above the horizon, the Southern Cross.

Timpeall orthu, ceann ar cheann, tháinig na réaltaí amach. Deirtear go bhfuil na réaltaí ba ghile le feiceáil i spéir na hAstráile. Ar barr chnoic, chuir sé a lámh ar a glúine. 'Féach ar aghaidh', a dúirt sé go bog. Díreach rompu bhí Véineas ag éirí. Agus díreach os cionn na spéire, Cros an Deiscirt.

The Forest

'The forest is being replaced by solar panels', shouted Liam over the noise of the vacuum cleaner. 'But what about the forest?', Una shouted back, pushing the vacuum cleaner between his legs so that Liam would have to hold them up. 'They are cutting down the forest', he replied impatiently. 'How long will a new forest take to grow?' shouted Una.

Liam wrote that question into Google, but before he had a chance to press 'Enter', Una knocked Liam's chair and his elbow, and he lost his place. He snapped the laptop shut and pulled his keys from his pocket. 'Bunnings', he shouted, dangling the keys in front of his wife. The door slammed behind him.

Waiting at the traffic lights, he looked left at the forest. He shook his head. Another plan ruined.

Bunnings? The day he took the package from work, he promised himself that he would not be like other retired men, going to Bunnings, working in the garden, repairing things in the house, waiting for the postman, shopping with his wife, and asking 'is it lunch time? and 'what will we have for lunch?' No.

He would have different activities and time to spend on Google asking questions about anything and everything. And one of his plans was to find out about the forest on the top of the hill that had been there since they bought the house. He drove past that forest every day while he was working. He had a plan to walk there one day, when he knew how you could do that, because the forest was not open to the public.

An Fhoraois

'Tá painéil ghréine ag teacht in áit na foraoise', a scairt Liam thar fhuaim an fholúsghlantóra. 'Ach cad faoin fhoraois?', a scairt Úna ar ais, ag brú an fholúsghlantóra idir a chosa ionas go mbeadh ar Liam iad a choinneáil suas in airde. 'Tá siad ag gearradh síos na foraoise', a d'fhreagair sé go mífhoighneach. 'Cé chomh fada is a thógfaidh foraois nua chun fás?' a scairt Úna.

Scríobh Liam an cheist sin isteach i Google, ach sula raibh deis aige 'Iontráil' a bhrú, bhuail Úna an chathaoir agus a uillinn, agus chaill sé a áit. Dhún sé an ríomhaire glúine de smeach agus tharraing sé a chuid eochracha óna phóca. 'Bunnings' a scairt sé, ag crochadh na heochracha os comhair a bhean chéile. Phlab an doras ina dhiaidh.

Ag fanacht ag na soilse tráchta, d'fhéach sé ar chlé ag an fhoraois. Chroith sé a cheann. Plean eile scriosta.

Bunnings. An lá a thóg sé an paicéad óna obair, gheall sé leis féin nach mbeadh sé mar fhir eile a bhí ar scor, ag dul go Bunnings, ag obair sa ghairdín, ag deisiú rudaí sa teach, ag fanacht le fear an phoist, ag siopadóireacht lena bhean chéile, agus ag cur na ceisteanna uirthi 'an am lóin é? agus 'cad a bheidh againn don lón?' Ní bheadh.

Bheadh gníomhaíochtaí eile aige agus am le caitheamh ar Google ag cur ceiste faoi rud ar bith agus gach rud. Agus plean amháin a bhí aige ná eolas a fháil amach a bhain leis an fhoraois ar barr an chnoic a bhí ann ón am a cheannaigh siad a dteach. Thiomáin sé thar an fhoraois sin gach lá nuair a bhí sé ag obair. Bhí plean aige siúl ann lá éigean, nuair a bhí eolas aige faoi conas a d'fhéadfá é sin a dhéanamh, mar ní raibh an fhoraois oscailte don phobal.

Liam was busy for the past thirty years raising a family and climbing the corporate ladder. He did well there, and eventually became general manager. By the time he was in his sixties, he still had several good years left as general manager. But then the merger came and there were too many managers for the new managerial structure. Someone had to go. He accepted the offer of a package when he heard that a younger manager was coming in. He wanted a fresh start. With all the kids gone from home, he would finally have time for golf, (maybe).

He pulled into Bunnings. Yes, he remembered that promise he had made to himself that he would not go to Bunnings like other men, wasting time until it was time to go home for lunch, or to go to the pub to meet other men. He would not. He would have more interesting things to do. But he had to admit that Bunnings was a convenient place to spend time when he needed to.

Walking up and down the aisles and looking around, it occurred to him that Una needed a new washbasin. Yes, he now remembered her calling from the garden that there was a hole in the basin. She was hanging the wet clothes on the line, and since the basin was heavy, she dropped it on the path, and it cracked. Liam was looking at her from the back door. 'Next time you're at Bunnings, please…', she said.

His back was starting to ache with the walk around Bunnings and failing to find the basin. Reluctantly he approached a young worker leaning over a counter and scrolling through his phone. 'Excuse me', Liam said in a low quiet voice. 'I'm looking for a plastic basin'. Without looking up from the phone, the worker said, 'down in number forty'. Liam thanked him, biting his tongue.

Bhí Liam gnóthach le tríocha bliain anuas ag tógáil clainne agus ag dreapadh an dréimire corparáideach. D'éirigh go maith leis, agus bhí sé ina bhainisteoir ginearálta ar deireadh thiar. Faoin am a bhí sé ina sheascaidí, bhí roinnt blianta maithe fós fágtha aige mar bhainisteoir ginearálta. Ach ansin tháinig an cumasc, agus bhí an iomarca bainisteoirí don struchtúr bainistíochta nua. Bhí ar dhuine acu imeacht. Ghlac sé le tairiscint paicéid nuair a chuala sé go raibh bainisteoir níos óige chun teacht isteach. Bhí sé tosú nua uaidh. Agus na páistí go léir imithe ón mbaile, bheadh am aige faoi dheireadh don ghalf, (b'fhéidir).

Tharraing sé isteach go Bunnings. Sea, chuimhnigh sé ar an ngealltanas sin a thug sé dó féin nach mbeadh sé ag dul go Bunnings mar fhir eile, ag caitheamh ama amú go dtí am dul abhaile le haghaidh lóin, nó dul go dtí an teach tábhairne chun bualadh le fir eile. Ní bheadh. Bheadh rudaí níos suimiúla le déanamh aige. Ach b'éigean dó a admháil go raibh Bunnings áisiúil mar áit chun am a chaitheamh nuair ba ghá leis.

Ag siúl suas agus síos na pasáistí, agus ag féachaint timpeall, rith sé leis go raibh báisín níocháin nua ag teastáil ó Úna. Sea, chuimhnigh sé uirthi ag glaoch ón ngairdín go raibh poll sa bháisín. Bhí sí ag crochadh na héadaí fliucha ar an líne, agus ós rud é go raibh an báisín trom, lig sí uaithi é ar an gcosán faoin líne éadaí agus scoilt é. Bhí Liam ag féachaint uirthi ón doras cúl. 'An chéad uair eile a mbeidh tú ag Bunnings, le do thoil…', arsa sí.

Bhí pian ag teacht ina dhroim leis an tsiúlóid timpeall Bunnings agus gan teacht ar an mbáisín. Ghluais sé go drogallach i dtreo oibrí óg a bhí ag claonadh thar chuntar agus ag scrolláil tríd a fhón. 'Gabh mo leithscéal', arsa Liam le guth íseal ciúin. 'Tá báisín plaisteach á lorg agam'. Gan féachaint suas óna bhfón, dúirt an t-oibrí, 'Thíos in uimhir a daichead'. Ghabh Liam buíochas leis, ag cur srian lena theanga.

17

A plumber would be in heaven in number forty, but Liam was not. He walked up and down a few times but did not find a plastic basin. Then he saw another worker, a middle-aged man filling the shelves. He hurried to him saying out loud 'I don't see the plastic basins here'. 'We only have ceramic basins', said the man turning back to the shelves. A ceramic basin? An image came to Liam 's mind of a bedroom in his grandmother' s house with a basin and a ceramic jug on a large wooden table. It was incredible that people were still buying ceramic basins. A ceramic basin would not be suitable. It would be too heavy for Una to carry.

Liam shook his head and made his way to the exit. On the way, he saw a battery stand. Perfect. Something to buy that would be useful. Then he saw a female worker standing near the stand. He remembered the plastic basin. 'That's the right person', he thought. Yes, she knew exactly what he wanted and directed him to number twenty where the shelves were full of plastic things, including basins.

Moving again to the exit, he saw a small crowd around a man who was demonstrating something. As he got closer, he saw that the man was demonstrating a drill. He stopped at the edge of the crowd. During the demonstration, Liam became so excited that he was thinking of buying a new drill, especially at that low price. But then he thought about it again, and he changed his mind. Una and others would be looking for help from him to do a 'little job' for them, say, a picture to hang, or a chair that had a screw loose to fix.

Walking back to the car with the batteries and the plastic basin, Liam felt like a hunter after hunting. He was on cloud nine. And when he looked at the clock in the car, he saw that it was approaching lunchtime. What will Una have for me? Toasted

Bheadh pluiméir ar neamh in uimhir a daichead, ach ní raibh Liam. Shiúil sé suas agus síos cúpla uair ach níor tháinig sé ar bháisín plaisteach. Ansin chonaic sé oibrí eile, fear meánaosta ag líonadh na seilfeanna. Bhrostaigh sé chuige agus dúirt, 'ní fheicim na báisíní plaisteacha anseo'. 'Níl ach báisíní ceirmeacha againn', arsa an fear ag casadh ar ais chun na seilfeanna. Báisín ceirmeach? Tháinig íomhá in intinn Liam seomra leapa i dteach a sheanmháthair le báisín agus crúiscín ceirmeacha ar bhord mhór adhmad. Bhí sé dochreidte go raibh daoine fós ag ceannach báisíní ceirmeacha. Ní bheadh báisín ceirmeach oiriúnach dó. Bheadh sé róthrom d'Úna a iompar.

Chroith Liam a cheann agus rinne sé a shlí go dtí an bealach amach. Ar an tslí, chonaic sé seastán cadhnraí. Foirfe. Rud le ceannach a mbeadh úsáideach. Ansin chonaic sé oibrí baineann ina seasamh in aice leis an seastán. Smaoinigh sé arís ar an mbáisín plaisteach. 'Sin an duine ceart', a cheap sé. Sea, bhí a fhios aici díreach cad a bhí uaidh agus dúirt sí leis dul go dtí uimhir a fiche ina raibh na seilfeanna lán de rudaí plaisteacha, báisíní san áireamh.

Agus é ag bogadh arís i dtreo na slí amach, chonaic sé grúpa beag timpeall fear a bhí ag taispeáint rud éigean. Nuair a tháinig sé níos giorra, chonaic sé go raibh an fear ag taispeáint druilire. Stad sé ag imeall an ghrúpa. Le linn an taispeántais, d'éirigh Liam níos spreagtha ionas go raibh sé ag smaoineamh ar an druilire nua sin a cheannach, go háirithe ar an bpraghas íseal sin. Ach ansin, smaoinigh sé arís air, agus d'athraigh sé a intinn. Bheadh Úna agus daoine eile ag lorg cabhair uaidh 'jab beag' a dhéanamh dóibh, abair, pictiúr a chrochadh, nó cathaoir le scriú scaoilte a dheisiú.

Ag siúl ar ais go dtí an carr leis na cadhnraí agus an báisín plaisteach, mhothaigh Liam mar shealgaire tar éis seilge. Bhí sé ar scamall a naoi. Agus nuair a d'fhéach sé ar an gclog sa charr, chonaic sé go raibh sé ag éirí gar don lón. Cad a bheidh ag Úna dom?

sandwich? Beef pie? Soup with soda bread? He put on a Johnny Cash CD and started whistling 'The Man in Black'.

Immediately after Liam left the house, Una picked up the vacuum cleaner and put it back in the laundry room, and she plugged the computer cord into the wall again. Thank God for Bunnings! Since Liam retired, it was difficult for her to spend time on the computer, as he spent a lot of time on it instead of working in the garden or repairing the house as she imagined it would be when he was retired now. And she thought he would be interested in making some of the meals for both of them, say at least a toasted sandwich. But things are not what you think they are. When he was at home, he was at the computer or reading. They had a big book collection. At the moment he was reading *Candide*, a story about a French man who travelled the world looking for the best of all possible worlds.

Liam had no work now, but Una's work had doubled. Liam was like a virus in the house. She was always cleaning up everywhere he went. He could not move from place to place without bringing something – a book, a newspaper, glasses, a cup of tea, a glass of water – and spilling the tea or the water on the way. And they were both constantly tripping over things left on the floor, a shoe or a slipper or a piece of clothing. You would think the house was full of small children again, but it was not. The children were gone and no sign of any grandchildren.

But, to tell the truth, Una was not waiting for grandchildren. She was living her own life for the past five years. Four years ago, with the last child gone and Liam immersed in his work, she resigned. She did not have a package, or a superannuation, or a pension, because she was too young. She was totally dependent on Liam for money. But even though she was retired, she wanted to do

Ceapaire tósta? Píóg mhairteoil? Anraith le harán sóid? Chuir sé
CD Johnny Cash ar siúl agus thosaigh sé ag feadaíl 'The Man in
Black'.

Díreach tar éis Liam an teach a fhágáil, bhailigh Úna an folús-
ghlantóir suas agus chuir ar ais é sa seomra ní. Ansin phlugáil sí
corda an ríomhaire isteach sa bhalla arís. Buíochas le Dia as Bun-
nings! Ó chuaigh Liam ar scor, bhí sé deacair di am a chaitheamh
ar an ríomhaire, mar chaith sé an t-uafás ama air in ionad bheith ag
obair sa ghairdín nó ag deisiú rudaí timpeall an tí mar a shamhlaigh
sí a bheadh sé agus é ar scor anois. Agus cheap sí go mbeadh suim
aige roinnt de na béilí a dhéanamh don bheirt acu, abair ceapaire
tósta ar a laghad. Ach ní mar a shíltear a bhítear. Nuair a bhí sé
sa bhaile, bhí sé ar an ríomhaire nó ag léamh. Bhí cnuasach mór
leabhar acu. Faoi láthair bhí sé ag léamh *Candide*, scéal faoi fhear
Francach a thaistil an domhan ag lorg an domhain is fearr ar fad.

Ní raibh aon obair ag Liam anois, ach bhí obair Úna tar éis
dúbailte. Bhí Liam mar víreas sa teach. Bhí sí i gcónaí ag glanadh
gach áit ina raibh sé. Níorbh fhéidir leis bogadh ó áit go háit gan
rud éigin a thabhairt leis – leabhar, nuachtán, spéaclaí, cupán tae,
gloine uisce – agus ag doirteadh an tae nó an t-uisce ar an tslí.
Agus bhí an bheirt acu i gcónaí ag tuisliú thar rudaí a bhí fágtha ar
an urlár aige, bróg nó slipéar nó píosa éadaí. D'fhéadfá smaoine-
amh go raibh páistí beaga arís ann sa teach, ach ní raibh. Bhí na
páistí imithe agus beag cosúlacht ar gharpháistí.

Ach, chun an fhírinne a rá, ní raibh Úna ag fanacht le gar-
pháistí. Bhí sí ag maireachtáil a saol féin le cúig bliana anuas.
Ceithre bliana ó shin agus an páiste deireanach imithe agus Liam
tumtha ina chuid oibre, d'éirigh sí as a post féin. Ní raibh pacáiste
aici nó pinsean, mar bhí sí ró óg. Bhí sí ag brath go hiomlán ar
Liam ó thaobh airgid de. Ach cé go raibh sí éirithe as a post, bhí

something new with her life outside of being a wife.

At first, she did not tell her friends that she had finished work because she was afraid that they would expect her company for the cinema and lunch at a new cafe, or trips to museums. What she wanted, though, was free time for herself to figure out what she wanted to do with her life in the future. She started listening to the radio and picking up new ideas. She heard about 'Ted Talks' on YouTube and spent many an afternoon in front of the TV going from program to program.

One afternoon after watching the latest Ted Talk, she heard the postman's motorbike and went out to get the letters. A few bills, a notice from the local politician and a letter from some lawyer. When she came in again, she put the kettle on and made a cup of tea. She took the tea into the living room with the letters and sat on the couch. She placed the cup on the coffee table and opened the letter from the lawyer. She had to read it a few times because she did not believe what was in it. Her uncle had died, and she was bequeathed a small farm in the countryside. Lord!

She thought back to the last time she was at her uncle's farm. At least ten years ago. He called the place a 'farm', but really it was only a piece of land not as big as a tennis court with a broken-down cottage. Her uncle now lived in a senior's apartment in the nearest big town. From time to time she called him, but now she was sorry that she had not done more for him.

Una looked out the window to see if there were clouds in the sky. It was still clear. Rain was expected in the evening, but she would have time to drive down to the town and visit the lawyer's office. She wrote a note to Liam saying she would be back around six o'clock. She did not say where she was going. She got into the

dúil aici rud nua a dhéanamh lena saol taobh amuigh do bheith ina bhean chéile.

Ar dtús, níor inis sí dá cairde go raibh sí críochnaithe leis an obair mar bhí eagla uirthi go mbeidís ag tnúth lena comhluadar le haghaidh na pictiúrlainne, lóin ag caifé nua, nó turais go dtí músaeim. An rud a bhí uaithi, ach, ná am saor di féin chun déanamh amach cad ba mhaith léi a dhéanamh lena saol ó shin amach. Thosaigh sí ag éisteacht leis an raidió agus ag piocadh suas smaointe nua. Chuala sí faoi 'Ted Talks' ar YouTube, agus is iomaí tráthnóna a chaith sí os comhair na teilifíse ag dul ó chlár go clár.

Tráthnóna amháin tar éis bheith ag féachaint ar an Ted Talk is déanaí, chuala sí gluaisrothar fear an phoist agus chuaigh sí amach chun na litreacha a fháil. Cúpla bille, fógra ón bpolaiteoir áitiúla agus litir ó dhlíodóir éigin. Nuair a tháinig sí isteach arís chuir sí síos an citeal agus rinne cupán tae. Thóg sí an tae isteach sa seomra suí leis na litreacha agus shuigh sí ar an tolg. Chuir sí an cupán ar an mbord caifé agus d'oscail sí an litir ón dlíodóir. Bhí uirthi í a léamh cúpla uair mar níor chreid sí cad a bhí ann. Bhí a huncail tar éis bás a fháil agus bhí feirm bheag amuigh faoin tuath fágtha di ina uacht. A Thiarna!

Smaoinigh sí siar ar an am deireanach a bhí sí ag feirm a huncail. Ar a laghad deich mbliana ó shin. Thug sé 'feirm' ar an áit, ach go fíorúil ní raibh ann ach píosa talún ní chomh mór le cúirt leadóige, agus teachín briste síos ag dul léi. Bhí a huncail ina chónaí anois in áras seanóirí sa bhaile mór in aice láimhe. Ó am go ham chuir sí glaoch air, ach anois bhí brón uirthi nach ndearna sí níos mó ar a shon.

D'fhéach Úna amach an fhuinneog chun féachaint an raibh scamaill sa spéir. Bhí sí glan go fóill. Dúradh go mbeadh sé ag cur báistí sa tráthnóna, ach bheadh am aici tiomáint síos go dtí an baile agus cuairt a thabhairt ar oifig an dlíodóir. Scríobh sí nóta do Liam

car and put on a Linda Ronstadt's CD. She started singing 'You're no Good'.

Una turned the key in the door and it opened without difficulty. The house was in darkness, the curtains closed. She opened the curtains in the kitchen in front of her. The layout was 'open plan', that is to say, there was only one room with a fireplace in one corner and off that a bedroom. The toilet was outside. The ceiling was spotted with spider webs. All that was left of the furniture was a sofa, a rocking chair, and a large table. The table was crowded with empty plant pots covered in dust. The rocking chair was not near the fireplace, but right in front of the back door. She opened the door.

Think, readers, of that scene from *The Wizard of Oz* when the house comes to earth again and Dorothy walks out. Una walked straight out into a forest. There were around one hundred trees in rows, three on each side of a wide path in front of the back door. She sat down in the rocking chair unable to believe the scene. Then she heard her uncle's voice saying that 'progress was very slow' the last time she called him. She knew he was establishing a new garden. Well, she heard 'garden'. And then she remembered the questions he had been asking her about tiny forests, from the time she first told him about the Ted Talk she had seen on YouTube about them. Una thought he was just making small talk on those occasions.

She texted Liam. 'You won't believe where I am'. She got an immediate answer.

'I believe where you are, and I can see you too.' She turned around and Liam was behind her.

She started questioning him 'how...?' But Liam interrupted

a rá go mbeadh sí ar ais um a sé a chlog. Ní dúirt sí cá raibh sí ag dul. Isteach sa charr léi agus chuir sí CD Linda Ronstadt ar siúl. Thosaigh sí ag canadh 'You're no Good'.

Chas Úna an eochair sa doras agus d'oscail sé gan deacracht. Bhí an teach sa dorchadas, na cuirtíní dúnta. D'oscail sí na cuirtíní a bhí sa chistin os a comhair amach. 'Plean oscailte' a bhí an leagan amach, sin a rá, ní raibh ann ach seomra amháin le tinteán i gcúinne amháin, agus amuigh de sin seomra leapa. Bhí an leithreas taobh amuigh. Bhí an tsíleáil breac le téada damhán alla. Ní raibh fágtha den troscán ach tolg, cathaoir luascáin, agus bord mór. Bhí an bord plódaithe le potaí planda folmha clúdaithe le deannach. Ní raibh an chathaoir luascáin in aice leis an tine ach díreach os comhair an dorais chúil. D'oscail sí an doras.

Smaoinígí, a léitheoirí, ar an radharc sin ó *The Wizard of Oz* nuair a thagann an teach chun talamh arís agus siúlann Dorothy amach. D'fhéach Úna amach díreach isteach i bhforaois. Bhí timpeall is céad chrainn ann i sraitheanna, trí cinn ar gach taobh de chosán leathan a bhí díreach os comhair an dorais. Shuigh sí síos sa chathaoir luascáin gan a bheith ábalta an radharc a chreidiúint. Ansin chuala sí guth a huncail a rá go raibh 'an dul chun cinn an-mhall' an t-am deireanach a ghlaoigh sí air. Bhí a fhios aici go raibh sé ag déanamh gairdín nua. Bhuel, chuala sí 'gairdín'. Agus ansin chuimhnigh sí ar na ceisteanna a bhíodh sé á chur uirthi faoi fhoraoisí bídeacha, ón am a d'inis sí dó faoin Ted Talk a chonaic sí fúthu ar YouTube. Cheap Úna nach raibh sé ach ag déanamh mionchomhrá ar na hócáidí sin.

Chuir sí téacs chuig Liam. 'Ní chreidfeá cá bhfuilim'. Fuair sí freagra ar an bpointe.

'Creidim cá bhfuil tú agus chomh maith leis sin, feicim thú.' Chas sí timpeall agus bhí Liam taobh thiar di.

Thosaigh sí á cheistiú 'cona...?' ach bhris Liam isteach uirthi.

25

her. 'I read the letter from the lawyer and since there was no lunch for me at home, I thought you would be here.'

Liam walked out into the tiny forest. 'Enjoy', Una called after him, taking a tissue out of her bag to wipe the dust from the rocking chair. She then sat in the chair and started answering emails. From time to time she looked up from the phone and watched until she saw Liam on his journey up and down the rows. The forest was so thick that she did not see him until he was in the middle. And once when she looked up, he was stretched out on the ground in the middle of the forest looking at the sky. It reminded Una of times in her childhood in the back garden lying on the grass at night looking at the stars.

Liam lay on the ground and looked up through the trees at the blue sky. He felt a peace that he had not felt since his youth. Then, he did not know why, the ending of that book *Candide* came to him: 'Take care of your own garden'. Perhaps that was the answer to what was best for him to do in his life now. Not looking outside but looking inside. His heart filled with joy, but at the same time his chest tightened with a terrible pain. He tried to get up, but he couldn't. He started sweating and getting cold. He felt a large iron hand squeezing his chest. It was hard for him to breathe. He waved his hand feebly in the air as a signal to Una.

Una waved back and closed her eyes lying back in the rocking chair. Yes, she could see the future now. A new life for both of them planting tiny forests. Taking care of their own garden.

'Léigh mé an litir ón dlíodóir agus ós rud é nach raibh aon lón déanta sa bhaile dom, cheap mé go mbeifeá anseo.'

Shiúil Liam amach san fhoraois bheag. 'Bain taitneamh as', a ghlaoigh Úna ina dhiaidh ag tógáil amach ciarsúr as a mála chun an deannach a ghlanadh den chathaoir luascáin. Ansin shuigh sí inti agus thosaigh sí ag freagairt ríomhphoist. Ó am go ham d'fhéachadh sí suas ón bhfón agus d'fhanadh sí ag féachaint go dtí go bhfaca sí Liam ar a thuras suas agus síos na pasáistí. Bhí an fhoraois chomh tiubh sin nach bhfaca sí é go dtí go raibh sé sa lár. Agus uair amháin nuair a d'fhéach sí suas bhí sé sínte amach ar an talamh i lár na foraoise ag féachaint ar an spéir. Chuir sé i gcuimhne do Úna amanna ó linn a hóige sa ghairdín chúl ag luí ar an bhféar san oíche ag féachaint ar na réaltaí.

Luigh Liam ar an talamh agus d'fhéach sé suas trí na crainn ag an spéir ghorm. Mhothaigh sé suaimhneas nár mhothaigh sé ó linn a óige. Ansin, níorbh fhios aige cén fáth, ach tháinig deireadh an leabhar sin *Candide* chuige: 'Tabhair aire do do ghairdín féin'. B'fhéidir gur sin an freagra a bhí ar an rud ab fhearr a dhéanamh lena shaol anois. Gan bheith ag féachaint amuigh ach bheith ag féachaint istigh. Líon a chroí le háthas, ach ag an am céanna theann a chliabh le pian uafásach. Rinne sé iarracht éirí, ach níorbh fhéidir leis. Thosaigh sé ag cur allais agus ag éirí fuar. Mhothaigh sé lámh mhór iarann ag fáscadh a chliabh. Bhí sé deacair dó anáil a tharraingt. Chroith sé a lámh san aer mar chomhartha do Úna go raibh cabhair uaidh.

Chroith Úna a lámh ar ais air agus dhún sí a súile ag luí siar sa chathaoir luascáin. Sea, bhí sí ábalta anois an saol amach anseo a fheiceáil. Saol nua ag an mbeirt acu ag cur foraoisí bídeacha. Ag tabhairt aire dá ngairdín féin.

The Hairdresser's Story

In the small town where I was born and raised, there was only one hairdresser. And that hairdresser used to keep the ladies' appointments together during the week and kept the men's appointments for Saturdays. Occasionally, of course, women had appointments on Saturday, but the opposite was rarely the case for men.

I started going to that hairdresser when I left school. At that time, my hair was down to my waist. One day I had an appointment for Friday at eleven o'clock. Little did I know that this hairdresser had his own time frame.

When I entered the store there were five people sitting around the wall with the hairdresser cutting an older woman's hair in front of a large mirror. I did not see anyone else working, but after a while, a young girl came out of a room at the back of the shop with a broom, and she swept up hair that was scattered around the floor. And while I was waiting, she washed the hair of the customers before me and took the money from them.

As I took everything in, I noticed that the hairdresser did not move from his place in front of the mirror and spent a lot of time encouraging the women to talk, sometimes with his comb and scissors in the air listening to them. and asking questions about some topic or other. If they were not interested in the topic, he would choose another one. Sometimes he succeeded in motivating the talk, especially when they were discussing a traffic accident, or traffic problems, or the town taken up with tourists and camping vans.

That topic led to a general lack of parking spaces. And although the hairdresser was asking questions, he did not take part in the

Scéal an Ghruagaire

Sa bhaile beag inar rugadh agus inar tógadh mé, ní raibh ach gruagaire amháin. Agus bhí sé de nós ag an ngruagaire sin coinní na mban a choimeád le chéile i rith na seachtaine, agus coinní na bhfear a choimeád don Satharn. Ó am go ham, ar ndóigh, bhí coinní mná ar an Satharn, ach is annamh a bhí an mhalairt ann maidir leis na fir.

Thosaigh mise ag dul go dtí an gruagaire sin nuair a d'fhág mé an scoil. Ag an am sin, bhí mo chuid gruaige síos go dtí mo choim. Lá amháin bhí coinne agam don Aoine ag a haon déag a chlog. Ní raibh a fhios agam gur choimeád an gruagaire sin a thréibhse féin.

Nuair a chuaigh mé isteach sa siopa bhí cúigear ina suí timpeall an bhalla agus an gruagaire ag gearradh gruaig bhean aosta os comhair scáthán mór. Ní fhaca mé éinne eile ag obair, ach tar éis tamall, tháinig cailín óg amach ó sheomra ar chúl an tsiopa le scuab, agus scuab sí suas gruaige a bhí scaipthe timpeall ar an urlár. Agus fad agus a bhí mé ag fanacht, nigh sí gruaig na custaiméirí a bhí romham agus thóg sí an t-airgead uathu.

Agus mise ag tógáil gach rud isteach, thug mé faoi deara nár bhog an gruagaire as a áit os comhair an scátháin, agus gur chaith sé a lán ama ag spreagadh na mná chun cainte, uaireanta an chíor agus na siosúir san aer aige ag éisteacht leo agus ag cur ceisteanna amach faoi ábhar de chineál éigin. Mura raibh suim acu san ábhar, roghnódh sé ábhar eile. Uaireanta, d'éirigh leis caint a spreagadh, go háirithe nuair a bhí siad ag caint faoi thimpistí tráchta, nó fadhbanna tráchta, nó an baile plódaithe le turasóirí agus veaineanna campála.

Lean an t-ábhar sin go dtí easpa áiteanna pháirceála go ginearálta. Agus cé go raibh an gruagaire ag cur ceisteanna, níor gh-

talk. He had no opinion of his own. He did not tell his own stories. It was clear that he enjoyed the women's talk no matter what was being discussed. At times, the shop returned to silence when there were no more stories left, and the hairdresser continued his work. I did not feel the time passing.

Eventually, I was sitting in front of the hairdresser, and he started combing and cutting. By that time there were only three women waiting around the wall. I thought the stories were over now and that I would be on my way soon, but as the saying goes, 'nothing is what it seems'.

I was enjoying the silence in the shop. All that could be heard were the faint voices of people passing the shop and the traffic far away. I was at ease. I closed my eyes. I was just about to fall asleep when I heard a shout behind me.

'Have you heard about Eamonn?', asked one woman. A woman I recognized from her voice. A woman who spoke louder than necessary, even when she was right in front of you. 'A 'loose-lipped woman' was the name my Mum gave her when she saw her in the street.

'Which Eamonn?', said the hairdresser looking up in the mirror but not stopping his work.

'Eamonn of the Stones', said the woman.

'What is Eamonn of the Stones doing now?', laughed the hairdresser winking at me in the mirror.

'He's not doing anything now, because he's dead', said the woman.

'What did you say?' said the hairdresser turning around.

'Dead, I say. Heart attack', said the woman crossing her arms.

lac sé páirt ann. Ní raibh tuairim aige féin. Níor inis sé a scéalta féin. Bhí sé soiléir gur bhain sé sult as caint na mná cibé ábhar a bhí á phlé acu. In amanna, chuaigh an siopa ar ais ina tost nuair nach raibh a thuilleadh scéalta eile fágtha, agus lean an gruagaire ar aghaidh lena chuid oibre. Níor mhothaigh mé an t-am ag dul thart.

Sa deireadh thiar thall, bhí mise i mo shuí os comhair an ghruagaire agus thosaigh sé ag cíoradh agus ag gearradh. Faoin am sin ní raibh ach triúr ag fanacht timpeall an bhalla. Cheap mé go raibh deireadh leis na scéalta anois agus go mbeinn ar mo shlí go luath, ach mar a deirtear, 'ní mar a shíltear a bhítear'.

Bhí mé ag baint sult as an gciúnas sa siopa. Ní raibh le cloisteáil ach glórtha laga ó dhaoine ag dul thart amuigh den siopa agus an trácht i bhfad uainn. Bhí mé ar mo shuaimhneas. Dhún mé mo shúile. Bhí mé ar tí titim a choladh fiú nuair a chuala mé scairt taobh thiar dom.

'Ar chuala tú faoi hÉamonn?', arsa bean amháin. Bean a d'aithin mé óna guth. Bean a labhair níos airde ná mar is gá, fiú mar bhí sí díreach os do chomhair amach. Bean béal scaoilteach an t-ainm a chuireadh mo Mham uirthi nuair a chonaic sí sa tsráid í.

'Cén Éamonn?', arsa an gruagaire ag féachaint suas sa scáthán ach gan a chuid oibre a stopadh.

Éamonn na gCloch', a d'fhreagair an bhean.

'Cad atá á dhéanamh ag Éamonn na gCloch anois?', a gháir an gruagaire ag caochadh a súil orm sa scáthán.

'Níl faic á dhéanamh aige anois, mar tá sé marbh' arsa an bhean.

'Cad a dúirt tú?' arsa an gruagaire ag casadh timpeall.

'Marbh, a deirimse. Ionsaí chroí', arsa an bhean, a dhá láimh trasna a chéile.

'God bless us' said the other women making the Sign of the Cross on themselves.

It was clear that the hairdresser was shocked by this news. He put the comb and scissors down on the counter and moved to the centre of the room.

The women started talking about Eamonn of the Stones. He was a strange man.

He never left the house where he was born and raised. Taking care of the mother, if you'd believe it. He did not have a job. He never married. He became fat. He started drinking. After his mother's funeral, he tore out the roses that were all over the garden. He put stones in their place. Stones from the beach. He would go there every day collecting stones. He was found there, stretched out on the sand. A bag full of stones by his side. Eamonn of the Stones.

During these reports, the hairdresser did not speak. Even when the talk stopped, he did not ask questions. He remained motionless, his two hands hanging down as if he carried lead weights. His neck receding into his shirt and his head bowed.

The woman who started the conversation became curious, when she noticed the hairdresser's demeanour. 'Did you know him well?', she asked as she looked at the other women from side to side.

'Yes,' replied the hairdresser. 'I knew him, knew him very well', and just then his shoulders began to shake. He put his face in his hands and started crying.

The women all jumped up and ran to him. One of them took out a chair and the hairdresser was sat in it. The girl came out of the kitchen with a glass of water and put it into his hands. Then I saw the woman who had brought the story of Eamonn of the Stones

'Dia linn' arsa na mná eile ag déanamh Comhartha na Croise orthu féin.

Ba léir gur baineadh geit as an ngruagaire leis an scéala sin. Chuir sé an chíor agus na siosúir síos ar an gcuntar agus bhog sé go dtí lár an tseomra.

Thosaigh na mná ag labhairt faoi Éamonn na Clocha. Fear ait a ba é.

Níor fhág sé an teach inar rugadh agus inar tógadh é riamh. Ag tabhairt aire don mháthair, mar dhea. Ní raibh jab aige. Níor phós sé riamh. Thosaigh sé ag ól. D'éirigh sé ramhar. Tar éis sochraid a mháthair, stróic sé amach na rósanna a bhí ar fud an ghairdín. Chuir sé clocha ina n-áit. Clocha ón trá. Théadh sé ann gach lá ag bailiú clocha. Fuarthas ann é, sínte amach ar an ngaineamh. Mála lán de chlocha lena thaobh. Éamonn na gCloch.

Le linn na dtuairiscí seo, níor labhair an gruagaire. Fiú nuair a stop an chaint, níor chuir sé ceisteanna eile amach. D'fhan sé ann gan bogadh, a dhá láimh ag crochadh síos mar a bhí tromáin luaidhe á iompar aige. A mhuineál ag cúlú isteach ina léine agus a cheann lúbtha.

D'éirigh an bhean a thosaigh an scéal fiosrach nuair a thug sí faoi deara an chuma a bhí ar an ngruagaire. 'An raibh aithne mhaith agat air?', arsa sí agus í ag féachaint ó thaobh go taobh ag na mná eile.

'Bhí', a d'fhreagair an gruagaire. 'Bhí aithne mhaith agam air, aithne an-mhaith', agus díreach ansin thosaigh a ghuaillí ag crith. Chuir sé a aghaidh ina lámha agus thosaigh sé ag caoineadh.

Phreab na mná go léir suas agus rith siad chuige. Thóg duine acu cathaoir amach agus cuireadh an gruagaire inti. Tháinig an cailín amach ón gcistin le gloine uisce agus cuireadh isteach ina lámha aige. Ansin chonaic mé an bhean a bhí tar éis scéal Éamonn

into the shop on her knees in front of the hairdresser.

'Tell us about him', she implored looking up at him. The hairdresser stopped crying. He wiped the tears from his face and lifted his chin.

'Yes, I knew him very well. To be honest, I was in love with him and, to tell you the truth, I think he was in love with me too '.

And if there was ever a good time, this was the time for the hairdresser to tell his own story to an understanding audience. The shop door was closed. Cups of tea were made for everyone. And with the women and myself around him, he began his own story.

'I met Eamonn when I was seven, and he was about ten years old. At that time, my dad had a summer shop at the beach. It sold summer items such as buckets and spades, towels and beach balls, postcards, sunglasses, ice cream and soft drinks.

I wasn't old enough to work in the store itself, but I helped my dad prepare the store before opening time. Then I had the day off until about four o'clock in the evening when I had a job counting the money. I put the notes together from bottom to top – ten shillings, a pound, five pounds, ten pounds, twenty pounds, and the coins in piles—half a penny, penny, three pence, sixpence, a shilling, two shillings, half a crown.

I made one pile with the English coins and another with the Irish coins. I enjoyed looking at the animals on the Irish coins, the pig, the chicken, the rabbit, the hound, the bull, the fish, and the horse. Then I wrote the amount down in a notebook. I got a penny from Dad for the job, but if the sum I had was written correctly, I got three pence as a reward.

While I enjoyed being busy preparing the shop and counting

na gCloch a thabhairt isteach sa siopa ar a glúine os comhair an ghruagaire.

'Inis dúinn faoi', a d'impigh sí ag féachaint suas ina aghaidh. Stop an gruagaire an caoineadh. Ghlan sé na deora óna aghaidh agus d'ardaigh sé a smig.

'Sea, bhí aithne an-mhaith agam air. Chun an fhírinne a rá, bhí mé i ngrá leis agus ar shlí éigin bhí sé i ngrá liom freisin'.

Agus mar bhí am trátha riamh ann, ba é seo an t-am don ghruagaire a scéal féin a insint do lucht éisteachta a bheadh tuisceanach faoi. Dúnadh doras an tsiopa. Rinneadh cupáin tae do chách. Agus leis na mná agus mé féin ina thimpeall, thosaigh sé a scéal féin.

'Bhuail mé le hÉamonn nuair a bhí mé seacht mbliana d'aois, agus é féin timpeall deich mbliana. Ag an am sin, bhí siopa samhraidh ag mo dhaid ar imeall an trá. Díoladh earraí shamhraidh ann, amhail buicéid agus spáda, tuáillí agus liathróidí trá, cártaí poist, spéaclaí gréine, uachtar reoite agus deochanna boga.

Ní raibh mé aosta go leor chun bheith ag obair sa siopa féin, ach thug mé cabhair do mo dhaid an siopa a ullmhú roimh am oscailte. Ansin bhí lá saor agam go dtí timpeall a ceathair a chlog sa tráthnóna nuair a bhí jab agam an t-airgead a chomhaireamh. Chuir mé na nótaí le chéile ó bhun go barr – deich scillinge, punt, cúig phunt, deich bpunt, fiche punt, agus na boinn i gcarnáin – leath phingin, pingin, leath réal, réal, scilling, flóirín, leath choróin.

Rinne mé carn amháin leis na boinn Sasanach agus ceann eile leis na boinn Éireannach. Bhain mé sult as féachaint ar na hainmhithe ar na boinn Éireannach, an mhuc, an chearc, an coinín, an cú, an tarbh, an t-iasc, agus an capall. Ansin scríobh mé síos i leabhar nóta an méid a bhí ann. Fuair mé pingin ó Dhaid don jab, ach má bhí an suim a bhí scríofa i gceart agam, fuair mé leath réal mar luach.

Cé gur bhain mé sult as a bheith gnóthach ag ullmhú an tsiopa

the money, it was a long day for me. There was a small park next to the shop, but I was not allowed to go there because of the bushes that were full of thorns, according to my dad. But I had permission to go down to the beach. Sometimes, I had a beach ball, and if a bunch of kids were playing on the beach they played with me for a while – until their parents called them to come and have lunch. For my own lunch, I would buy a bag of chips from a van near my dad's shop, and a soft orange drink to go with it.

One day I was throwing the ball in front of me and running after it and looking up into the air when I tripped, and I fell hard on the beach. I burst out crying. Then I felt an arm around me sympathizing with me. A young boy who was friendly and kind to me.

His name was Eamonn. From that day on we were close friends, he three years older than me. We had great adventures running on the beach and in and out of the sea – but we were forbidden to swim there. It so happened that Eamonn's mother also had a café at the beach. His dad was dead.

We made excellent sandcastles and would lie back on the sand telling stories and dreaming. Other times when we were sitting on a bench next to the little park we would talk about the boys and girls who were going into the park. We were entirely innocent about love. But a few summers later, everything changed.'

A catch came in the hairdresser's voice, and he stopped the story. The women moved closer to him as it was clear that he was about to break down again. A woman put her hand on his knee and begged him to continue with the story. But he was reluctant. Then he asked me my age. When I gave it to him, he nodded his head, put a finger to his lips and said that we must keep the secret we

agus ag comhaireamh an airgid, b'fhada an lá dom. Bhí páirc bheag in aice leis an siopa, ach bhí cosc orm dul isteach ann mar gheall ar na toim a bhí lán le dealg, dar le mo dhaid. Ach bhí cead agam dul síos ar an trá. Uaireanta bhí liathróid trá agam, agus dá mbeadh scata páistí ag súgradh ar an trá d'imir siad liom ar feadh tamall – go dtí gur ghlaoigh a dtuismitheoirí orthu teacht chucu chun lón a ithe. Do mo lón féin, cheannaíodh mise mála sceallóg ó veain a bhí in aice le siopa mo dhaid, agus bhíodh deoch bhog oráiste chun dul leis.

Lá amháin bhí mé ag caitheamh an liathróid romham agus ag rith ina diaidh agus ag féachaint suas san aer nuair a thuisligh mé, agus thit mé go crua ar an trá. Phléasc mé amach ag gol. Ansin, mhothaigh mé lámh timpeall orm ag déanamh chomhbhrón liom. Buachaill óg a bhí cairdiúil agus cneasta liom.

Éamonn ab ainm dó. Ón lá sin amach bhíomar mar dlúth cairde, eisean trí bliana níos sine ná mise. Bhí eachtraí iontacha againn ag rith ar an trá agus isteach agus amach san fharraige – ach bhí cosc orainn snámh ann. Tharla go raibh caifé ag máthair Éamonn ar imeall an trá freisin. Bhí a dhaid marbh.

Rinneamar caisleáin gaineamh den chéad scoth, agus luímis siar ar an ngaineamh ag insint scéalta agus ag brionglóideach. Uaireanta eile nuair a bhímis ag suí ar bhinse in aice leis an bpáirc bheag, bhímis ag caint faoi na buachaillí agus cailíní a bhíodh ag dul isteach sa pháirc. Bhíomar soineanta go leor faoi chúrsaí ghrá. Ach cúpla samhradh níos déanaí d'athraigh gach rud.'

Tháinig tocht i scornach an ghruagaire ansin agus stop sé an scéal. Bhog na mná níos gaire dó mar bhí sé soiléir go raibh sé ar tí briseadh síos arís. Chuir bean éigin a lámh ar a ghlúine agus d'impigh sí air leanúint ar aghaidh leis an scéal. Ach bhí sé drogallach. Ansin d'fhiafraigh sé díom m'aois. Nuair a thug mé é dó, sméid sé a cheann, chuir sé méar ar a bheola agus dúirt sé go

were going to hear. We all nodded out heads.

'I have now spent half my life', continued the hairdresser, 'and the most important thing I found out is that there is always a thorn with the rose'.

He rubbed his knees with that statement and looked around at the women. They nodded their heads looking at each other and then back at the hairdresser.

'Yes,' said the hairdresser. 'It's better to stay outside than to go into a thorny place.'

'Yes, yes', said one woman looking at her watch. Two others looked at their watches and with that the hairdresser leaned into the group, his hands on his knees. He took a deep breath and continued.

'Eamonn was thirteen and I was ten at the end of the third summer we spent together on the beach.

He was attending middle school at the time and the age gap between us was probably widening. We no longer built sandcastles. We only ran in and out of the water when it was really hot. We would sit on the bench next to the park looking down on the people on the beach.

One day we saw a man walking alone on the beach and looking up at us. There was something strange about this as a man was rarely seen walking on the beach alone during the day. But what was strange about him was that he was wearing long trousers, a shirt, a tie, and a jacket, and had a red rose in the lapel of his jacket.

The next day, we saw him again, and again he was looking up at us. He disappeared and we started talking about him again. Eamonn said he was sure he saw that man in the city coming out of

gcaithfimis an rún a bhíomar chun cloisteáil a choimeád. Sméide-
amar go léir ár gcinn.

'Tá leath mo shaol caite agam anois', a lean an gruagaire,
'agus an rud is tábhachtaí a fuair mé amach sé go bhfuil dealga i
gcónaí ag dul le rós'.

Chuimil sé a ghlúine leis an ráiteas sin agus d'fhéach sé tim-
peall ar na mná. Sméid siad a gcinn ag féachaint ar a chéile agus
ansin ar ais ar an ngruagaire.

'Sea', arsa an gruagaire. 'Is fearr fanacht amuigh ná dul isteach
in áiteanna deilgneach.'

'Sea, sea', arsa bean amháin agus í ag féachaint ar a uaire-
adóir. D'fhéach beirt eile ar a n-uaireadóir agus leis sin chlaon an
gruagaire isteach sa ghrúpa, a lámha ar a ghlúine. Thóg sé anáil
doimhne isteach agus lean sé ar aghaidh.

'Bhí Éamonn trí bliana déag agus mé féin deich mbliana ag
deireadh an tríú bhliain a chaitheamar an samhradh le chéile ar an
trá.

Bhí sé ag freastal ar an mheán scoil ag an am sin agus is dócha
go raibh an bhearna aoise eadrainn ag méadú. Ní dhearna muid
caisleáin trá a thuilleadh. Níor ritheamar isteach agus amach an
uisce ach amháin nuair a bhí sé millteach te. Ba ghnách linn suí ar
an mbinse in aice leis an bpáirc ag féachaint síos ar lucht an trá.

Lá amháin chonaiceamar fear ag siúl ina aonar ar an trá agus
ag féachaint suas orainn. Bhí rud éigean aisteach faoi seo. Rud
amháin, ní minic a chonacthas fear ag siúl ar an trá ina aonar i rith
an lae. Ach an rud ab aisteach leis ná go raibh sé ag caitheamh
bríste throma fhada, léine, carbhat, agus seaicéid, agus i lipéad an
tseaicéid bhí rós dearg.

An lá ina dhiaidh sin, chonaiceamar é arís, agus arís bhí sé
ag féachaint suas orainn. D'imigh sé as radharc agus thosaíomar
ag caint faoi arís. Dúirt Éamonn go raibh sé cinnte go bhfaca sé

the cinema with a group of boys

Suddenly the sun disappeared, a shadow came over us, and we felt the air cooling. That man was behind us. He stood next to Eamonn and started talking to him. Then he took a rose out of his pocket and pinned it to Eamonn's shirt.

As if he was in a dream, Eamonn took the man's hand. He got up, and walked up into the little park with him. I was left stunned looking out to sea. My heart was beating fast with fear. I wanted to run out of the place, but I was stuck, with no power in my limbs.

After a while Eamonn was sitting with me again stretching out his hand. My eyes widened in amazement. What was it but half a crown, the bright horse standing proudly and shining in the sun. "Let's go", said Eamonn taking my hand and pulling me up. On the way down he held my hand to my delight. '

With that, the phone in the shop started ringing.

The girl jumped up and ran to answer it. At the same time there was an urgent knock on the door – the postman was there with a parcel. The hairdresser got up from the chair and opened the door. The sounds of the street came in. The women put the chairs back around the wall and I went back to the one in front of the big mirror. Then the hairdresser was behind me combing and cutting again. And for the first time I noticed that he was wearing a red rose on the lapel of his white jacket. He noticed that I was looking at the rose. He put a finger to his lips. I did the same as a sign that I would keep his secret.

And I kept that promise until now.

an fear sin sa chathair in éineacht le scata bhuachaillí agus iad ag teacht amach ón phictiúrlann.

Go tobann, d'imigh an ghrian, tháinig scáth anuas orainn, agus bhraitheamar an t-aer ag fuarú. Bhí an fear sin taobh thiar dúinn. Sheas sé in aice le hÉamonn agus thosaigh sé ag caint leis. Ansin thóg sé rós as a phóca agus ghreamaigh sé ar léine Éamonn é.

Faoi mar a bhí sé i mbrionglóid, thóg Éamonn lámh an fhir. D'éirigh sé, agus d'imigh sé leis isteach sa pháirc bheag. Fágadh ina staic mé ag féachaint amach ar an bhfarraige. Bhí mo chroí ag bualadh go tapa le heagla. Bhí fonn orm rith as an áit, ach bhí mé sáinnithe, gan chumhacht i mo ghéaga.

Tar éis tamall bhí Éamonn suite liom arís ag síneadh amach a lámh. Leathnaigh mo shúile le hiontas. Cad a bhí ann ach leath coróin, an capall geal ina sheasamh go bródúil agus ag lonradh sa ghrian. "Ar aghaidh linn", arsa Éamonn ag tógáil mo lámh agus tharraing sé suas mé. Ar an tslí síos bhí greim láimh aige orm a chur gliondar ar mo chroí.'

Leis sin, thosaigh an fón sa siopa ag bualadh.

Léim an cailín suas agus rith sí chun é a fhreagairt. Ag an am céanna bhí cnag práinneach ar an doras – fear an phoist ann le beart. D'éirigh an gruagaire as an gcathaoir agus d'oscail sé an doras. Tháinig fuaimeanna na sráide isteach. Chuir na mná na cathaoireacha ar ais timpeall an bhalla agus chuaigh mise ar ais go dtí an ceann os comhair na scátháin mhóra. Ansin bhí an gruagaire taobh thiar dom ag cíoradh agus ag gearradh arís. Agus don chéad uair thug mé faoi deara go raibh rós dearg á caitheamh aige ar lipéad a sheaicéad bán. Thug sé faoi deara go raibh mé ag féachaint ar an rós. Chuir sé méar ar a bheola. Rinne mé amhlaidh mar leid go gcoimeádfainn a rún

Agus choimeád mé an gealltanas sin go dtí anois.

43

At the end of that year I left my little town for the big world, and when I returned for my mother's funeral, the hairdresser's shop was gone. I don't know when that happened, and what happened to the hairdresser. It would be nice to think that he continued as a hairdresser in another shop, maybe in a bigger town, and that he is still there telling stories.

Ag deireadh na bliana sin, d'fhág mé mo bhaile beag don domhan mór, agus nuair a d'fhill mé ar son sochraid mo mháthair, bhí an siopa gruagaire sin imithe. Níl a fhios agam cathain a tharla sé sin agus cad a tharla don ghruagaire. Bheadh sé go deas smaoineamh gur lean sé mar ghruagaire i siopa eile, b'fhéidir i gcathair níos mó, agus go bhfuil sé fós ag insint scéalta.

In Search of Snow

Aoife woke up to the captain's announcement that they were about to land in Tokyo. Well, she didn't understand Japanese, but it was the same announcement on planes around the world, so she had a guess. Her daughter Ciara, who was next to her, knew Japanese and was already fastening her seat belt. This was the first time Aoife had traveled to two countries where she did not know the language. This world tour included Spain and Japan because Ciara was with her, and she wanted to use both Spanish and Japanese. In those countries, Aoife was dependent on her daughter.

Though she had fond memories of the trip, Aoife closed her eyes with relief that they were finally on their way home to South Australia after having travelled for five weeks. On this trip, they were looking for snow. Aoife asked her daughter to travel with her this time to Europe and the United States. Ciara would have a chance to polish her languages now that she had her first language teaching job. And Ciara, moreover, had never seen real snow. Yes, that year Aoife longed to see snow again. 'We'll be in search of snow', said Aoife. But in truth, Aoife would be searching for herself.

Aoife was born and raised in Ireland but had now spent most of her life in Australia. Her husband died five years ago and with that, it seemed that she had lost her future. Before that, every plan and every thought she had was based on being with him. She continued her work, and was still interested in it, and she was enjoying life, the benefits of being in control of everything, especially the remote control!

Ar Thóir Shneachta

Dhúisigh Aoife le fógra ón gcaptaen go raibh siad ar tí tuirlingt i dTóiceo. Bhuel, níor thuig sí an tSeapáinis, ach ba é an fógra céanna sin ar eitleáin timpeall an domhain agus mar sin thug sí buille faoi thuairim. Bhí an tSeapáinis ag a hiníon Ciara a bhí in aice léi agus a bhí ag greamú a crios sábhála cheana. Ba é seo an chéad uair a bhí Aoife ag taisteal in dhá thír nach raibh an teanga ar eolas aici. Ar an turas domhanda seo bhí an Spáinn agus an tSeapáin san áireamh ós rud é go raibh Ciara léi, agus gur mhaith léi an Spáinnis agus an tSeapáinis a úsáid. Sna tíortha sin, bhí Aoife ag brath ar a hiníon.

Cé go raibh cuimhní geala aici ón turas, dhún Aoife a súile le faoiseamh go raibh siad ar an tslí abhaile faoi dheireadh go dtí an Astráil Theas tar éis bheith ag taisteal le cúig seachtaine. Ar an turas seo, bhíodar ar thóir sneachta. D'iarr Aoife ar a hiníon taisteal léi an t-am seo go dtí an Eoraip agus na Stáit Aontaithe. Bheadh seans ag Ciara snas a chur ar a cuid teangacha agus a céad phost múinteoireachta teangacha faighte aici. Agus chomh maith leis sin, ní fhaca Ciara fíor shneachta riamh ina saol. Sea, bhí dúil mhór ag Aoife an bhliain sin sneachta a fheiceáil arís. 'Beimid ar thóir sneachta', arsa sí. Ach go fírinne, bheadh Aoife ar thóir í féin.

Rugadh agus tógadh Aoife in Éirinn ach anois bhí sí tar éis na coda is mó dá saol caite san Astráil. Cailleadh a fear céile cúig bliana ó shin, agus leis sin, ba chosúil gur chaill sí a todhchaí. Roimhe sin, bhí gach plean agus gach smaoineamh a bhí aici bunaithe ar a bheith in éineacht leis. Anois, bhí sí ina haonar. Lean sí ar aghaidh lena hobair, agus bhí suim aici ann fós, agus bhí sí ag baint taitneamh as an saol, na buntáistí a bhí ann a bheith i gceannas gach rud, go háirithe an cianrialtán!

And for the past three years Aoife had been going home to Ireland, meeting relatives, and visiting the places of her youth. She was trying to close the gap between Aoife in Ireland and Aoife in Australia. Who was she now?

Her daughter Ciara was born and raised in South Australia. Other than a short trip to the mountains in Victoria once in the winter when there was snow on the ground, she had never seen falling snow in her life. This year, in the Australian summer, the two of them planned a world trip to see snow, especially falling, but at least lying on top of mountains.

Aoife thought back to the first stop of this trip, London. They were there for four days. Every night they watched the weather forecast on the television hoping for news that snow was coming. There was talk of snow, but in the end, it did not come to London.

Aside from hoping for snow, they were delighted with the sights they saw on this trip to London. They took a train down to Canterbury. Aoife loved the stories in the book *The Canterbury Tales* which she read at university and was interested in seeing that cathedral where Thomas a 'Beckett was murdered.

On another day, they took a train to Hampton Court and walked through the famous maze there. Ciara was on cloud nine. From the time she saw the television series *The Tudors,* she had a keen interest in royal history, especially the lives of royal women. But Ciara was Australian. Aoife had no interest in royalty. She was Irish. That much Aoife knew now. It was the foundation of her worldview, her identity, that she was Irish.

In Dublin they only had a week to meet their relatives, and the weather was not cold enough for snow. Even though Aoife was in her native city, she enjoyed showing Ciara the city sights: the Pigeon house when they were on the Dart, O'Connell Street,

Agus le trí bliana anuas bhí Aoife ag dul abhaile go hÉirinn, ag bualadh le gaolta agus ag tabhairt cuairteanna ar áiteanna a hóige. Bhí sí ag iarraidh an bhearna a bhí idir Aoife in Éirinn agus Aoife san Astráil a dhúnadh. Cérbh í anois?

Rugadh agus tógadh a hiníon Ciara san Astráil Theas. Seachas turas gairid chuig na sléibhte i Victoria uair amháin sa gheimhreadh nuair a bhí roinnt sneachta ar an talamh, ní fhaca Ciara sneachta riamh ag titim. An bhliain seo, i rith samhradh na hAstráile, bheartaigh an bheirt acu turas domhanda chun sneachta a fheiceáil, go háirithe ag titim, nó ar barr sléibhte ar a laghad.

Smaoinigh Aoife siar ar an gcéad stop den taisteal seo, Londain. Bhíodar ann ar feadh ceithre lá. Gach oíche bhídís ag féachaint ar réamhaisnéis na haimsire ar an teilifís ag súil le nuacht go mbeadh sneachta ag teacht. Bhí caint faoi shneachta ann, ach ag an deireadh níor tháinig sé chuig Londain.

Taobh amuigh de bheith ag súil le sneachta, bhí siad sásta leis na hiontais a bhfaca siad ar an turas seo go Londain. Thóg siad traein síos go Cantarbaraí. Ba bhreá le hAoife na scéalta sa leabhar *The Canterbury Tales* a léigh sí san ollscoil agus bhí suim aici san ardeaglais inar maraíodh Thomas a' Beckett.

Lá eile thóg siad traein go dtí Hampton Court agus shiúil siad tríd an lúbra cáiliúil ann. Bhí Ciara ar scamall a naoi. Ón am a chonaic sí an tsraith theilifíse '*The Tudors*', bhí spéis mhór aici i stair ríoga, go háirithe saol na mban ríoga. Ach Astrálach ab ea Ciara. Ní raibh aon spéis ag Aoife sa ríochas. Éireannach ab ea í. Sin an méid a bhí Aoife cinnte faoi anois. Ba sin bunsraith dá dearcadh sa saol aici, dá féiniúlacht, gur Éireannach í.

I mBaile Átha Cliath ní raibh ach seachtain acu chun bualadh lena ngaolta, agus ní raibh an aimsir fuar go leor le haghaidh sneachta. Cé go raibh Aoife ina cathair dhúchais, bhain sí taitneamh as iontais na cathrach a thaispeáint do Chiara: teach na

and the traces of the Easter Rising, especially the holes left by the bullets in the statues that surrounded Daniel O'Connell.

At the time, Aoife knew full well that she was passing on Irish history to her daughter Ciara, as her mother had told her that history. She thought of a future time where another woman would be telling another person the same story about the history of O'Connell Street. That comforted her, to be like a link in the chain of life.

Aoife turned in the seat and put the little pillow under her cheek and began to think back at another time in Dublin: the day she visited the house where she was born and raised in the suburb called Drimnagh. It was a large suburb at that time, built in the thirties. Aoife's house was on the edge of the suburb – the other side of the street in Walkinstown, a suburb built in the fifties.

When she was young, Walkinstown was still a rural area: fields, boreens, thatched houses, and even a twelfth century castle, the only castle in Ireland left with a moat all around that had water in it. She recalled the walk on the wooden bridge into the castle grounds where Mass was held in a small building on the left before the church was built in the new suburb of Walkinstown.

One Sunday during Mass, when she was seven years old, she fainted (back then people had to forego food and drink before Mass). She came to with four people carrying her on high from the building. People on both sides of the passage were looking at her. She was embarrassed. She was afraid that her underwear could be seen and tried to keep her dress down. The memories that stay with you, thought Aoife as she fell asleep. Life is strange.

gColúr nuair a bhí siad ar an Dart, Sráid Uí Chonaill agus rianta Éirí Amach na Cásca, go háirithe na poill a d'fhág na hurchair sna dealbha a bhí timpeall Dónal Uí Chonaill.

Ag an am sin, bhí a fhios go maith ag Aoife go raibh sí ag cur ar aghaidh stair na hÉireann dá hiníon Ciara mar a d'inis a máthair an stair sin di. Smaoinigh sí ar am amach anseo ina mbeadh bean eile ag insint na scéalta sin do dhuine eile i Shráid Uí Chonaill, Baile Átha Cliath. Thug sé sin sólás di, a bheith mar nasc i slabhra na beatha.

Chas Aoife sa suíochán agus chuir sí an piliúr beag faoina leiceann agus thosaigh sí ag smaoineamh siar ar am eile i mBaile Átha Cliath: an lá a thug sí cuairt ar an teach inar rugadh agus inr tógadh í sa bhruchbhaile a tugtar Droimneach air. Bruachbhaile mór a bhí ann ag an am sin a tógadh sna tríochaidí. Bhí teach Aoife ar imeall an bhruachbhaile – bhí an taobh eile den tsráid i mBaile Uailcín, bruachbhaile a tógadh sna caogaidí.

Le linn a hóige bhí sé mar cheantair thuaithe fós: páirceanna, bóithríní, tithe tuí, agus fiú amháin caisleán ón dara haois déag, an t-aon chaisleáin in Éirinn fágtha le móta thart timpeall ina raibh uisce ann. Ba chuimhin léi an tsiúlóid ar an droichead adhmaid isteach go dtí talamh an chaisleáin ina raibh an tAifreann ar siúl i bhfoirgneamh beag ar an lámh chlé sular tógadh séipéal don bhruachbhaile nua Baile Uailcín.

Domhnach amháin i rith an Aifrinn, thit sí i bhfanntais le hocras nuair a bhí sí seacht mbliana d'aois (siar ansin bhí ar dhaoine bia agus deoch a sheachaint roimh an Aifreann). Tháinig sí chuici féin le daoine á hiompar in airde ón bhfoirgneamh, ceathrar acu. Bhí daoine ar an dá thaobh den phasáiste ag breathnú uirthi. Tháinig náire uirthi. Bhí eagla uirthi go bhfeicfí a cuid fo-éadaí agus rinne sí iarracht a gúna a choinneáil síos. Na cuimhní a fhanann leat, a smaoinigh Aoife agus í ag titim a choladh. Is ait mac an saol.

She opened her eyes as she felt her daughter's hand. The flight attendant needed the tray. Aoife handed it to Ciara, and she squeezed Ciara's hand with gratitude. Ciara lay back into her seat and closed her eyes. Aoife's heart filled with love. Even though Ciara was in her twenties, in her mother's heart at times like this she was only a child, about three years old, when life was slower for them both. Before school, before the difficulties of life. At the same time, she was grateful for the sensible young woman next to her as a boon companion.

Aoife experienced love at first sight a few times in her life, especially the birth of her children. She smiled, thinking back at baby Ciara when she was born. And later, driving to the shops with Ciara right next to her in her own seat during her first year ('those were the days my friends') and the children always at arm's length and facing forward. Aoife's nickname for Ciara at the time was 'my quiet friend'.

Then another memory came to her: Aoife at parent – teacher meetings and the teachers complaining about how talkative Ciara was in class. Always bothering other students when they had not yet finished their work. 'Maybe she could help other students' Aoife suggested.

To tell the truth, she sympathized with the teachers. 'We are always telling her be quiet when we're out driving. No one else has a chance to say a word'. And now Ciara was a teacher herself and she had to be talkative!

Aoife closed her eyes again and tried to lower the sound of the plane's engine in her mind. She thought 'bees' and 'mosquitoes', but the engine was too loud. She turned right and placed her cheek on the cold plastic near the window.

D'oscail sí a súile nuair a mhothaigh sí lámh a hiníon uirthi. Bhí an tráidire ag teastáil ón aeróstach. Thug Aoife do Chiara é, ag fáscadh a lámh le buíochas. Luí Ciara siar ar ais ina suíochán agus dhún a súile. Líon croí Aoife le grá. Cé go raibh Ciara ina fichidí, i gcroí a máthair ag amanna mar seo ní raibh sí ach ina leanbh, timpeall trí bliana d'aois, nuair a bhí an saol níos moille don bheirt acu. Roimh scoil, roimh dheacrachtaí an saol. Ag an am céanna, bhí sí buíoch den bhean óg chiallmhar a bhí in aice léi anois mar chara cléibh.

Bhí grá den chéad fhéachaint ag Aoife cúpla uair ina saol, go háirithe le breith a pháistí. Tháinig aoibh uirthi ag smaoineamh siar ar an leanbh Ciara nuair a saolaíodh í. Agus ansin níos déanaí ag tiomáint go dtí na siopaí agus Ciara díreach in aice léi ina suíochán féin le linn a céad bhliainn ('ab úd na laethanta a chairde:') na leanaí i gcónaí faoi fhad láimhe duit sa charr agus ag féachaint ar aghaidh. An leasainm a bhí ag Aoife do Chiara ag an am sin ná 'mo chara ciúin'.

Ansin tháinig cuimhne eile chuici: cruinnithe tuismitheoirí agus múinteoirí agus na múinteoirí ag gearrán faoi cé chomh cainteach agus a bhí Ciara sna ranganna. I gcónaí ag cur isteach ar dhaltaí eile nuair nach raibh siad fós críochnaithe lena gcuid oibre. 'B'fhéidir go mbeadh sí ábalta cabhair a thabhairt do dhaltaí eile' a d'ofráileadh Aoife'.

Bhí comhbhrón aici leis na múinteoirí chun an fhírinne a rá. Is gnáth linn a rá léi a bheith ciúin agus muid ag tiomáint. Ní bhíonn seans ag éinne eile focal a rá.' Agus anois bhí Ciara ina múinteoir féin agus b'éigean di a bheith cainteach!

Dhún Aoife a súile arís agus rinne sí iarracht fuaim inneall an eitleáin a ísliú ina hintinn. Shíl sí 'beacha' agus 'muiscítí', ach bhí an t-inneall ró-ard. D'iompaigh sí ar dheis agus chuir sí a leiceann ar an bplaisteach fuar in aice leis an bhfuinneog.

With the cold on her cheek, she reflected on happy memories of a day a fortnight ago when she and her sister Orla paid a visit to Slieve Bloom Road in Drimnagh. There were just the two of them on this pilgrimage. Ciara had driven over to Galway to meet friends from Adelaide who had been living in Galway for a number of years now. She could have her own adventures for a while. And Aoife could spend time with Orla.

Orla stopped the car outside the house where the two were born. Looking at the house, they noticed the changes that had been made and what had not changed over the years. The front porch built by their dad in the sixties. The only one in the street at that time. 'And do you remember the shed he built in the back garden?' Aoife asked. 'Yes', replied Orla, 'while taking occasional breaks to have a cigarette. We just saw the smoke rising'. 'And wreaths of smoke sent up in silence from amongst the trees' the two of them said together and burst out laughing.

The sisters loved to recite poetry. There was a lot of poetry and songs in the house where they were raised. Their Mum had lots of songs as well as proverbs and poetry. Dad recited lines from certain plays such as *Juno and the Paycock*: 'the world is in a state of chassis' and 'what is the moon, what is the stars?'

Aoife looked up at the small window on the second level, the first room she had to herself when she was sixteen, when Orla was living in Canada and Nessa, her other sister, was married. It amazed them now that eight of them were living in a three-bedroom house, with one bathroom that included the toilet. At one point the three girls shared a double bed. Aoife at the foot of the bed between her sisters' legs.

Agus an fuacht ar a leicne, rinne sí machnamh siar ar lá fuar coicís ó shin nuair a thug sí féin agus a deirfiúr Orla cuairt ar Bhóthar Sliabh Bladhma i nDroimneach. Ní raibh ach an bheirt acu ar an gcuairt sin. Bhí Ciara tar éis tiomáint siar go Gaillimh chun bualadh le cairde ó Adelaide a bhí ina gcónaí i nGaillimh le roinnt blianta anois. Bhí seans aici a heachtraí féin a bheith aici le tamall, agus bhí seans ag Aoife am a chaitheamh le Orla.

Stop Orla an carr taobh amuigh den teach inar rugadh an bheirt. Ag féachaint ar an teach, thug siad faoi deara na hathruithe a bhí déanta agus rudaí nach raibh athruithe thar na blianta. An póirse tosaigh a thóg a nDaid sna seascaidí. An t-aon cheann sa tsráid ag an am sin. 'Agus an cuimhin leat an tseid a thóg sé sa ghairdín chúl?' a d'fhiafraigh Aoife. 'Sea', a d'fhreagair Orla, 'agus é ag tógáil sos ó am go ham chun toitín a chaitheamh. Ní fhacamar ach an deatach ag éirí'. 'And wreaths of smoke sent up in silence from amongst the trees' arsa an bheirt acu le chéile agus bhris siad amach ag gáire.

Ba bhreá leis na deirfiúracha filíocht a aithris. Bhí a lán filíochta agus amhráin sa teach inar tógadh iad. Bhí a lán amhráin ag a Mam chomh maith le seanfhocail agus filíocht. Bhíodh Daid ag aithris línte ó dhrámaí áirithe, mar shampla *Juno and the Paycock*: 'the world is in a state of chassis' agus 'what is the moon, what is the stars?'

D'fhéach Aoife suas ar an bhfuinneog bheag ar an dara leibhéil, an chéad seomra a bhí aici féin nuair a bhí sí sé bliana déag d'aois nuair a bhí Orla ina cónaí i gCeanada agus Nessa, a dheirfiúr eile, pósta. Chuir sé iontas orthu anois go raibh ochtar acu ina gcónaí i dteach trí sheomra leapa, le seomra folcadh amháin, an leithreas san áireamh. Ag am amháin chodail an triúr cailíní i leaba dúbailte. Aoife ag bun na leapa idir cosa a deirfiúracha.

Many a night she was kicked by a sister or both of them, she trying to read a book with a torch under the bedclothes, but at the same time letting the cold air in on her sisters' feet.

Later when Nessa got married, Orla and Aoife were sharing a room with two single beds, and Orla had drawn a chalk line on the floor between the two beds. Aoife had to keep her things on her side of the room. Orla was tidier.

Aoife felt at the time that Orla was very strict with her, but now she realized that Orla at the time was trying to survive the living conditions, lack of space, lack of privacy. But Aoife never talked to Orla about those days. They did not have time to speak honestly during these home visits. They spent most of the time discussing other subjects.

They left the car and drove across the road to the entrance of the putting green – Pitch 'n Putt. But when they were young, it was The Valley, a wild place between the street where they lived and the castle. There was a small stream, with hills over which the children ran up and down. And where they sat in the summer making daisy necklaces and bracelets. Other times, she and her friends would be jumping across the river. A river that was only a stream now. Perhaps it was only ever a stream, thought Aoife, looking down on it. She was like a giant, like Gulliver.

Orla went to a small office and asked the man if they could enter the park without tickets as they just wanted to walk around the place. The man agreed, and Aoife started walking to the right to the back wall of the houses. She stopped at a slight slope and put out her two hands and closed her eyes. 'What's wrong?' Orla asked. 'There is nothing wrong except that I feel like a giant now'. Then she explained how it was when she was playing there. At

B'iomaí oíche a fuair sí cic ó dheirfiúr amháin nó an bheirt acu agus í ag iarraidh leabhar a léamh le tóirse faoi na héadaí leapa, ach ag an am céanna ag ligean an t-aer fuar isteach ar chosa a deirfiúracha.

Níos déanaí, nuair a phós Nessa, bhí Orla agus Aoife i seomra le dhá leaba shingil agus líne cailce tarraingthe ag Orla ar an urlár idir an dá leaba. Bhí ar Aoife a stuif a choimeád ar a taobh féin den seomra. Bhí Orla níos slachtmhaire ná í.

Mhothaigh Aoife ag an am sin go raibh Orla an-dian uirthi, ach thuig sí anois go raibh Orla ag an am ag iarraidh mair trí na coinníollacha cónaithe a bhí ann, easpa spáis, easpa príobháideachta. Ach níor labhair Aoife riamh le Orla faoi na laethanta sin. Ní raibh am acu labhairt go macánta i rith na cuairteanna siúd abhaile. Chaith siad an chuid is mó den am ag plé le cúrsaí eile.

D'fhág siad an carr agus dhruid siad trasna an bhóthair go dtí an tslí isteach do thalamh galf dhá mhaide - Pitch 'n Putt'. Ach nuair a bhí siad óg, ba é sin 'An Gleann', áit fhiáin idir an tsráid ina raibh siad ina gcónaí agus an caisleán. Bhí abhainn bheag ann, agus cnocáin thar a rith na páistí suas agus síos. Agus ar shuigh siad sa samhradh ag déanamh muincí agus braisléid as nóiníní. Amanna eile bhíodh sise agus a chairde ag léim trasna na habhann. Abhainn nach raibh ach sruthán anois. B'fhéidir nach raibh ach sruthán ann i gcónaí, a cheap Aoife ag féachaint síos uirthi. Bhí sí mar fhathach, mar Gulliver.

Chuaigh Orla go dtí oifig bheag a bhí ann, agus d'iarr sí cead dul isteach sa pháirc gan ticéid mar ní raibh siad ach chun siúl timpeall na háite. Tugadh an cead dóibh agus thosaigh Aoife ag siúl ar an taobh dheis go dtí balla. Stad sí ag fána bheag, agus chuir sí a dhá láimh amach agus dhún sí a súile. 'Cad atá cearr?' arsa Orla. 'Níl aon rud cearr ach go bhfuil mé ag mothú go fathach mé anois'. Ansin mhínigh sí conas a bhi sé nuair a bhíodh sí ag súgradh ann.

that time, she had to take small steps to go down the slope. She would be afraid because it was a steep slope for a little girl, and sometimes the holes in the path were full of water after rain, and it was more difficult for her.

Going fast down the slope as a girl, she could not stop herself, so she would put her hands in front of her. Today, looking at the same wall, in her mind she still felt the same pain when her little hands would hit the rough wall many years ago. On reaching the wall, she would have to walk carefully sideways down another steeper slope until she reached safe ground. Then she would run the rest of the way up and down the hills.

Now, she only had to take a few steps down to the wall and three more steps aside. Orla followed her on the narrow path, and when it widened, they walked together. Aoife telling stories about the games the children used to have there. Now there were bunkers and hills all over the place but they were covering the former 'royal chairs' from her youth – a big slab, one on top of a hill and another lower, chairs of the 'king' and the 'queen'.

In the 'kings and queens' game, one child would be sitting on the highest chair as a king, and another child was sitting on the other lower one as a queen, and lower still, were the 'slaves'. 'And were you a king or a queen?' Orla asked her. 'I was always a slave', said Aoife. 'My own choice. I would rather be busy doing work for the 'king' and the 'queen' than to be sitting on a royal chair with nothing to do. I was not interested in giving out orders.

On the way home to Orla's house, Orla was questioning again why Aoife was not interested in overseeing others. The two were

Ag an am sin, bhíodh uirthi céimeanna beaga a thógáil chun dul síos an fhána. Bhíodh eagla uirthi, toisc gur fána géar a bhíodh ann do chailín bheag, agus uaireanta bhíodh na poill sa chosán lán le huisce báistí agus bhíodh sé níos deacra di.

Ag dul síos an fhána go gasta mar chailín, níorbh fhéidir léi í féin a stopadh, agus mar sin chuireadh sí a lámha os a comhair amach. Inniu ag féachaint ar an mballa céanna, mhothaigh sí arís an phian a bhíodh ann nuair a bhuaileadh a lámha beaga leis an mballa garbh na blianta ó shin. Tar éis an bhalla a shroich, bhíodh uirthi siúl i leataobh go cúramach síos fána eile níos géire go dtí gur shroich sí talamh sábháilte. Ansin ritheadh sí an chuid eile den tslí suas agus síos na cnocáin go dtí an áit ina raibh cailc le fáil.

Anois, níor ghá di ach cúpla céim a thógáil go dtí an balla agus trí chéim eile i leataobh. Lean Orla í ar an gcosán caol agus nuair a leathnaigh sé, shiúil siad le chéile, Aoife ag insint scéalta faoi na cluichí a bhíodh ag na páistí ansin. Anois bhí buncair agus cnocáin ar fud na háite ach bhí siad ag clúdach na 'cathaoireacha ríogaí' a bhíodh ann le linn a hóige – leaca móra, ceann amháin ar bharr cnoic agus ceann eile níos ísle, cathaoireacha an 'rí' agus an 'bhanríon'.

Sa chluiche 'ríthe agus banríonacha', bhíodh páiste amháin ina suí nó ina shuí ar an gcathaoir ab airde mar rí, agus páiste eile ina shuí ar an gceann eile a bhí níos ísle, mar bhanríon, agus níos ísle arís, bhí na 'sclábhaithe'. 'Agus an raibh tú i do rí nó i do bhan-ríon?' arsa Orla. 'Bhí mé i gcónaí mar sclábhaí', arsa Aoife. 'Mo rogha féin. B'fhearr liom bheith gnóthach agus ag déanamh obair don 'rí' agus don 'bhanríon' ná a bheith i mo shuí ar chathaoir ríoga gan rud suimiúil le déanamh agam. Ní raibh suim ar bith agam in orduithe a thabhairt amach'.

Ar an tslí abhaile go dtí teach Orla, bhí Orla á ceistiú arís faoi cén fáth nach raibh suim ag Aoife bheith i gceannas daoine eile.

amazed at the differences between them. Sometimes it was painful going back on her young days, but if Aoife was looking for herself, this was a good start in finding out who she was now.

The next day Aoife and Ciara said goodbye to Ireland and flew to New York, optimistic about seeing snow falling from the sky. It was their first visit to New York. Although they were excited to see the famous city, they became a bit anxious when the plane had to go around in circles over New York because of the amount of traffic in the air. Ciara was listening to music on her headphones, and Aoife with her eyes closed was planning the rest of the trip, when Ciara gave her Mum a poke. Aoife opened her eyes and Ciara placed one side of the headphones close to her ear.

'Listen, Mum', Ciara said. Aoife listened. It was incredible. What was being played was the song from the eighties about a man on a plane that had been circling New York for a long time – between the moon and New York city. Aoife burst out laughing, and then looking at each other they sang the chorus quietly to the end of the song. Yes, they got on well during this trip around the world, and at this time in their lives. Two single women and one of them at the start of her adult life looking forward to falling in love some day, no doubt. Who knew if Ciara wouldn't meet a man in New York?

On land at last, they found a taxi outside the airport. On the way to the city, they were amazed to see the skyscrapers in the distance and locals playing basketball in the small suburbs. Snow was piled up on both sides of the street. Snow would soon fall from the sky no doubt Aoife thought. Finally, the taxi stopped outside a huge hotel near a large park where people were skating on an ice rink.

Bhí ionadh ar an mbeirt faoi na difríochtaí a bhí eatarthu. Uaireanta bhí sé pianmhar dul siar ar a laethanta óige, ach mar bhí Aoife ar thóir í féin, ba é sin tús maith a fháil amach cérbh í anois.

An lá arna mhárach d'fhág Aoife agus Ciara slán ag Éirinn agus d'eitil siad go dtí Nua Eabhrac, dóchasach faoi shneachta a fheiceáil ag titim ón spéir. Ba é an chéad chuairt don bheirt ar Nua Eabhrac. Cé go raibh sceitimíní orthu an chathair cháiliúil a fheiceáil, tháinig saghas imní orthu nuair a bhí ar an eitleán dul timpeall i gciorcail os cionn Nua Eabhrac mar gheall ar an méid sin tráct a bhí san aer. Bhí Ciara ag éisteacht le ceol ar a chluasáin, agus Aoife le súile dúnta ag pleanáil an chuid eile den turas, nuair a thug Ciara sonc dá Mam. D'oscail Aoife a shúile agus chuir Ciara taobh amháin dos na cluasáin gar dá cluas.

'Éist, a Mham', arsa Ciara. D'éist Aoife. Bhí sé dochreidte. Cad a bhí á seinm ná an t-amhrán ó na hochtóidí faoi fhear ar eitleán a bhí ag dul timpeall Nua Eabhrac - idir an ghealach agus cathair Nua Eabhrac. Bhris Aoife amach ag gáire agus ansin, ag féachaint ar a chéile, chan siad an curfá go híseal go dtí deireadh an amhráin. Sea, réitigh siad go maith le chéile ar an turas seo timpeall an domhain agus ag an am seo sa saol. Beirt bhan shingil agus ceann amháin acu ag tús a saol fásta, ag súil le titim i ngrá lá éigin, gan dabht. Cá bhfios nach gcasfadh Ciara ar fhear i Nua Eabhrac?

Ar tír faoi dheireadh, fuair siad tacsaí taobh amuigh den aerfort. Ar an tslí go dtí an chathair, bhí ionadh mór orthu na scríobairí spéire a fheiceáil i gcéin, agus daoine áitiúla ag imirt cispheile sna bruachbhailte beaga. Bhí sneachta ina gcarn ar dhá thaobh an tsráid. Bheadh sneachta ag titim ón spéir go luath gan dabht a cheap Aoife. Faoi dheireadh, stad an tacsaí taobh amuigh d'óstán ollmhór a bhí in aice le páirc mhór ina raibh daoine ag scátáil ar rinc oighir.

Aoife paid for the taxi, and they went into the hotel. They checked in. And even though they were tired after the flight, they left their bags in the room and headed straight for the ice rink.

Central Park. They took photos of the scene, people skating, dressed in colourful clothes, woolen hats on their heads and gloves on their hands. They saw a horse and carriage going around the park and decided to do that the following day. They only had a few days in New York, but in the end, they enjoyed the places they saw: the 'Liberty' statue welcoming people; at the top of the 'Empire State' remembering the end of the romantic film with Tom Hanks. Then, 'Broadway' and 'Times Square' at night, the neon signs, and the sound of the city around them. The yellow taxis blowing their horns, and the American accent.

Not everything was perfect, of course: for example, the roasted chestnuts they bought from a street-side van. Disgusting! And even though snow was piled up on the side of the paths in the park, it was too late to see snow coming from the sky. Nonetheless, they were convinced as they said goodbye to New York that they would definitely return.

After ten hours in the air, they were finally landing in Tokyo. They could not wait to get off the plane, but they had to wait because the stairs were not in place. Tired and exhausted from the trip, they came out of the terminal to… to snow. Snow falling from the sky in thick flakes. Ciara put out her hand in surprise. Aoife's heart filled with gratitude. But the path outside the terminal was bustling with people. Drivers waiting with written signs of people or hotel names. A man came through the crowd displaying the name of Aoife and Ciara's hotel. They gave him a nod and he collected the bags that were on the ground around them.

D'íoc Aoife as an tacsaí agus isteach leo san óstán. Sheiceáil siad isteach. Agus cé go raibh tuirse orthu tar éis an eitilte, d'fhág siad a gcuid málaí sa seomra agus amach leo díreach don rinc oighir.

An Pháirc Lárnach. Thóg siad grianghraif den radharc, daoine ag scátáil gléasta in éadaí dathúla, hataí olla ar a gcinn agus lámhainní ar a láimhe. Chonaic siad cóiste capaill ag dul timpeall na páirce agus rinne siad cinneadh é sin a dhéanamh an mhaidin dár gcionn. Ní raibh ach cúpla lá acu i Nua Eabhrac, ach i ndeireadh na dála, bhain siad sult as na háiteanna a bhí feicthe acu: an dealbh 'Liberty' ag cur fáilte chuig daoine; ag barr an 'Empire State' ag cuimhneamh ar dheireadh an scannán rómánsach le Tom Hanks. Ansin, 'Broadway' agus 'Times Square' san oíche, na comharthaí neoin agus glór na cathrach ina dtimpeall. Na tacsaithe buí ag séideadh a mbonnáin, agus an tiúin Mheiriceánach.

Ní raibh gach rud foirfe, ar ndóigh: mar shampla na cnónna capaill rósta a cheannaigh siad ó veain ar thaobh na sráide. Déistineach! Agus cé go raibh an sneachta ina gcarn ag taobh na cosáin sa pháirc, bhí siad ródhéanach chun sneachta a fheiceáil ag teacht ón spéir. In ainneoin sin bhí siad cinnte agus iad ag fágáil shlán ag Nua Eabhrac go dtiocfaidís ar ais go cinnte.

Tar éis deich n-uaire san aer, bhí siad ag tuirlingt i dTóiceo faoi dheireadh. Níorbh fhéidir leo fanacht chun tuirlingt as an eitleán, ach bhí orthu fanacht mar ní raibh an staighre in áit. Tuirseach agus traochta ón turas, tháinig siad amach as an gcríochfort go...go sneachta. Sneachta ag titim ón spéir i screamhóga tiubha. Chuir Ciara a lámh amach le hionadh. Líon croí Aoife le buíochas. Ach bhí ruaille buaille ar an gcosán taobh amuigh den chríochfort. Tiománaí ag feitheamh le comharthaí scríofa d'ainmneacha daoine nó óstáin. Tháinig fear tríd an slua ag taispeáint ainm óstán Aoife agus Ciara. Thug siad nod dó, agus bhailigh sé na málaí a bhí ar an

Approaching the counter at the hotel, Ciara looked down at the bags and noticed her personal one was missing. The small bag containing her wallet with money and a credit card. Aoife was relieved that she kept the two passports and the tickets in her own bag, but she was upset about the loss. She thought it was the fault of the driver who was hurrying them into the taxi without asking if they had everything. 'Don't worry, Mum', said Ciara. 'It's only money'.

But in Aoife's opinion there was more involved. There was a principle involved. The driver failed in his duty. Then she asked her daughter to talk to the people in the hotel about the problem. Perhaps the bag had been picked up by another driver and was in another hotel. All hotels in the area should be called. But Ciara didn't take any notice of Aoife, continuing to speak kindly to the hotel staff. Aoife was proud of Ciara speaking Japanese to the woman behind the counter. It was clear that she was fluent.

That night Aoife was still worried about losing the bag, even after being able to speak on the phone with her son in South Australia who was going to stop the credit card. Yes, in reality, only cash was lost. But despite those thoughts, Aoife became angry and remained so. The next morning, at breakfast, she was complaining about the Japanese who stole the bag. 'Stop, Mum, said Ciara. 'Don't accuse the Japanese without evidence. In my opinion they are honest people, more honest than the Australians or the Irish. I promise you.' Aoife then became ashamed. Her daughter was right. She took a deep breath. She would put the thing behind her.

They spent the following morning in Tokyo in the company

talamh ina dtimpeall.

Ag druidim chuig an chuntar san óstán, d'fhéach Ciara síos ar na málaí agus thug sí faoi deara nach raibh a ceann pearsanta ann. An mála beag ina raibh a sparán le hairgead agus cárta creidmheasa. Bhí faoiseamh ar Aoife gur choimeád sí an dá phas agus na ticéid ina mála féin, ach bhí fearg uirthi faoin gcaillteanas. Cheap sí go raibh an locht ar an tiománaí a bhí á ndeifriú isteach sa tacsaí gan a bheith á gceistiú an raibh gach rud acu. 'Ná bí buartha, a Mham', arsa Cáit. 'Níl ach airgead i gceist'.

Ach i dtuairim Aoife bhí níos mó i gceist. Bhí prionsabal i gceist. Rinne an tiománaí faille ina dhualgas. Ansin d'iarr sí ar a hiníon labhair leis na daoine san óstán faoin fhadhb. B'fhéidir go raibh an mála bailithe suas ag tiománaí eile agus go raibh sé in óstán eile. Ba chóir glaoch a chur ar gach óstán san áit. Ach níor thug Ciara aird uirthi, agus lean sí ar aghaidh ag labhairt go cineálta le foireann an óstáin. D'éirigh Aoife bródúil as Ciara ag labhairt an tSeapáinis leis an mbean taobh thiar den chuntar. Ba léir go raibh sí líofa.

An oíche sin bhí Aoife buartha fós faoi chailliúint an mála, fiú tar éis a bheith in ann labhairt ar an bhfón lena mac san Astráil Theas a bhí chun stop a chur ar an gcárta creidmheasa. Sea, i ndáiríre ní raibh caillte ach airgead tirim. Ach in ainneoin na smaointe sin, tháinig fearg ar Aoife agus d'fhan sé mar sin. An mhaidin dár gcionn, ag an mbricfeasta, bhí sí ag gearrán faoin Seapánach úd a ghoid an mála. 'Stop, a Mham', arsa Ciara. 'Ná bí ag cur síos ar na Seapánaigh gan fianaise. I mo thuairim féin is daoine macánta iad, níos macánta ná na hAstrálaigh nó na hÉireannaigh. Geallaim duit.' Tháinig náire ar Aoife ansin. Bhí an ceart ag a hiníon. Thóg sí anáil dhomhain. Chuirfeadh sí an rud taobh thiar di.

Chaith siad an mhaidin ina dhiaidh sin i dTóiceo i gcomh-

of Jamie, a friend of Ciara's who lived there. They travelled with him all over Tokyo. At the Sonsju temple, Ciara put a coin in a box and took a little stick with a number. Then she found a box with that number written on it and took out a note and read a message in it. 'The lost thing will be found' was written on the note. Ciara was happy but Aoife was sceptical. First of all, they were going to fly out that evening. Secondly, Aoife was now too old to believe in things like magic or superstitions. Her heart was heavy with sorrow, and she regretted that they had come home that way. Yes, they finally saw snow fall, but the trip was ruined when Ciara's bag went missing. But what can't be helped must be endured.

In that bag there was cash, a credit card, a diary, and a camera. It was before mobile phones, and so they had no photographs of the trip. Aoife wasn't one to take photos when travelling, but Ciara was upset about it. Then she found a solution. She emailed Jamie, and he sent back an attachment with photos of the day they spent together in Tokyo. And, as it happened, Aoife had a habit of buying a postcard in each city where she stayed overnight. Because of that, the pair felt better.

A year and a week later, Aoife received a phone call from Ciara with good news about 'the lost thing'. It had been found! The bag in question was in a lost and found office in a hotel in Tokyo. It was picked up by mistake at the airport and taken to a hotel near the hotel where Aoife and Ciara were staying. It was the custom of the hotel to keep baggage that wasn't claimed in a safe place for a year and a day. Then an attempt would be found to find the owner of the bag. And in the case of Ciara's bag, at the end of a year and a day, after the bag was sent to the office, a card was found inside

luadar Jamie, cara Chiara a bhí ina chónaí ann. Thaistil siad leis
ar fud Tóiceo. Ag an teampall Sonsju, chuir Ciara bonn i mbosca
agus thóg sí cipín le huimhir. Ansin d'aimsigh sí bosca ar a raibh
an uimhir sin scríofa agus thóg sí amach nóta agus léigh sí teachtai-
reacht ann. 'The lost thing will be found' a bhí scríofa ar an nóta.
Bhí áthas ar Chiara ach bhí Aoife amhrasach. Ar an gcéad dul síos
bhí siad chun eitilt amach an tráthnóna sin. Ar an dara dul síos, bhí
Aoife róshean anois chun a bheith ag creidiúint rudaí mar dhraíoc-
ht nó na piseoga. Bhí a croí trom le brón agus bhí aiféala aici gur
tháinig siad ar an tslí sin abhaile. Sea, chonaic siad sneachta ag
titim faoi dheireadh, ach baineadh an mhaise as an turas nuair a
chuaigh mála Chiara ar iarraidh. Ach an rud nach bhfuil leigheas
air caithfear cur suas leis.

Sa mhála sin, bhí airgead tirim, cárta creidmheasa, dialann,
agus ceamara. Am roimh fhóin phóca a bhí ann, agus mar sin, ní
raibh aon ghrianghraif acu ón turas. Níor ghlac Aoife grianghraif
riamh agus í ag taisteal, ach bhí Ciara buartha faoi. Ansin, tháinig
réiteach den fhadhb di. Sheol sí ríomhphost chuig Jamie, agus
sheol sé ar ais ceangaltán le grianghraif ón lá a chaith siad le chéile
i dTóiceo. Agus ó tharla sé, bhí sé de nós ag Aoife cárta poist a
cheannach i ngach cathair inar fhan sí thar oíche nuair a bhí sí ag
taisteal. Mar sin, mhothaigh an bheirt níos fearr.

Bliain agus seachtain níos déanaí, fuair Aoife glao gutháin ó
Ciara le dea-scéala maidir leis 'an rud a bhí caillte'. Fuarthas é!
Bhí an mála i gceist in oifig caillte agus aimsithe in óstán i dTói-
ceo. Tharla gur tógadh é trí thimpiste ag an aerfort, agus gur tógadh
é go dtí óstán in aice leis an óstán ina raibh Aoife agus Ciara ag
fanacht. Ba é de nós ag lucht na n-óstán bagáiste nach raibh éile-
amh air a choimeád in áit sábháilte go dtí bliain agus lá. Ansin,
rinneadh iarracht úinéir an mhála a aimsiú. Agus i gcás mála Chi-
ara, ag deireadh bliain agus lá tar éis an mhála a sheoladh chuig an

with her phone number.

When Ciara got the phone call from Tokyo, she got in touch with her friend Jamie who as still there. She sent him an email giving him permission to collect the bag from the hotel. A week later, the bag came in the post. Everything was there, even the American dollars in the purse and the credit card. The thing that was lost was lost no more. And a few months after that, Jamie returned to Adelaide, and weren't the two of them surprised when a relationship started!

Aoife and Ciara both found out from the trip around the word that if they are looking for something, it may be closer than they think. Except for snow. As the famous French poet François Villon wrote, 'Where are the snows of yesteryear'. Yes, snow is always far away, especially the snows of our youth.

oifig, thángthas ar chárta istigh ann lena huimhir fhóin.

Nuair a fuair Ciara an glao gutháin ó Thóiceo, chuaigh sí i dteagmháil lena cara Jamie a bhí fós ann. Chuir sí ríomhphost chuige ag tabhairt cead dó an mála a bhailiú ón óstán. Seachtain ina dhiaidh sin tháinig an mála sa phost. Bhí gach rud ann, fiú na dollar Meiriceánach sa sparán agus an cárta creidmheasa. Ní raibh an rud a bhí caillte, caillte a thuilleadh. Agus cúpla mí ina dhiaidh sin d'fhill Jamie ar Adelaide, agus nach raibh ionadh ar an mbeirt sin gur thosaigh caidreamh eatarthu!

Fuair Aoife agus Ciara amach ón taisteal sin timpeall an domhain, má tá siad ar thóir rud éigin, d'fhéadfadh sé a bheith níos gaire ná mar a cheapann siad. Ach amháin sneachta. Mar a scríobh an file cáiliúil Francach François Villon, 'Où sont les neiges d'antan'. Sea, bíonn sneachta i gcónaí i bhfad uainn, go háirithe sneachta ár n-óige.

71

In Search of Love

'There are dangers in finding love online', Beth told her friend Deirdre. 'Yes, but…'. Beth heard nothing after the 'but' as she focused on finding the house numbers in the dark. They were driving in a new estate. After a while it occurred to her that the numbers were painted on the side of the path. She found number five. 'Thank God we're not late', she said as she drove up a long driveway. She parked behind two other cars.

Beth pushed the bell with her elbow holding a bottle of wine in each hand, and Deirdre stood beside her with two large plates in her hands. 'You look nice as usual', said Deirdre, looking at Beth's gold earrings, the long red dress, and gold and red heels. Everything coming together well.

Before Beth had a chance to say something nice about Deirdre's clothes, the door opened, and a group of children in pajamas stood in front of a tall, slender man. 'Beth and Deirdre, you are welcome to this house.' A woman appeared pulling the children back from the door as she welcomed the pair as well.

They followed the family into the kitchen and placed the plates and bottles down on the counter. 'You must be exhausted from the journey' said Anthony de Paor in sympathy with Beth.

'It was okay until the last stretch,' said Beth, taking a glass of water from him, 'because I knew most of the way.' 'Yes, it was good that you knew about the way to our old house down the hill', said Anne, Anthony's wife, handing Deirdre a glass of water. 'We've been on top of the hill now since Anthony was promoted',

Ar Thóir an Ghrá

'Tá contúirtí ag baint le bheith ag lorg grá ar líne', arsa Beth lena cara Deirdre. 'Sea, ach…'. Níor chuala Beth faic tar éis an 'ach' agus í ag díriú ar uimhreacha na dtithe a aimsiú sa dorchadas. Bhí siad ag tiomáint in eastát nua. Tar éis tamall rith sé léi go raibh na huimhreacha péinteáilte ar thaobh an chosáin. Fuair sí uimhir a cúig. 'Buíochas le Dia nach bhfuilimid déanach', arsa sí agus í ag tiomáint suas cabhsa fada. Pháirceáil sí taobh thiar de dhá charr eile.

Bhrúigh Beth an cloigín lena huillinn agus í ag coinneáil buidéal fíona i ngach lámh aici. Sheas Deirdre in aice léi le dhá phláta mhóra ina lámha aici. 'Tá tú ag féachaint go deas mar is gnáth', arsa Deirdre, ag féachaint ar fháinne cluasa ór Beth, an gúna fada dearg, agus na sáile airde ór agus dearg. Gach rud ag teacht dá chéile.

Sula raibh seans ag Beth rud deas a rá faoi éadaí Deirdre, osclaíodh an doras, agus bhí grúpa leanaí i bpitseámaí os comhair fear ard caol. 'Beth agus Deirdre, tá fáilte romhaibh chuig an teach seo.' Tháinig bean ansin ag tarraingt na leanaí ar ais ón doras agus chuir sí fáilte roimh an bheirt freisin.

Lean siad an teaghlach isteach sa chistin agus chuir na plátaí agus na buidéil síos ar an gcuntar. 'Caithfidh sibh a bheith traochta ón turas' arsa Anthony de Paor agus é ag déanamh chomhbhrón le Beth.

'Bhí sé ceart go leor go dtí an píosa deireanach,' arsa Beth, ag tógáil gloine uisce uaidh, 'mar bhí an chuid ba mhó den bhealach ar eolas agam.' 'Sea, is maith an rud é go raibh eolas agat faoin mbealach go dtí ár sean teach síos an cnoc', arsa Anne, bean chéile Anthony, agus í ag tabhairt gloine uisce do Dheirdre. 'Tá muid ar

Anne laughed.

'Congratulations' said Deirdre as she lifted her glass. 'I was on holiday when the news came'.

'Yes, you guys are on the pig's back now', said Beth looking from Anne to Anthony.

'Other than the huge mortgage' said Anthony looking at his wife. She punched him playfully in the shoulder as he walked past to the front door. Anne followed him, and Beth and Deirdre looked at each other when they saw that Anne's dress was inside out.

There was bustling at the door with the shrieks of children and men's voices. Anne took the children upstairs and the group of men came in. Nora and Deirdre moved towards them welcoming them one by one and asking about the previous night.

'I barely slept.' said one of them.

'We went to a pub in the city centre until they threw us out.' said another man.

'They say that there's nothing to do in Adelaide after eleven o'clock at night.' said a young man.

'But that's a lie' said another man in his forties winking at the young man and taking a glass of beer from Anthony.

'Now' Anthony said to the group, 'there are drinks on the counter: beer, wine, whiskey, and even orange juice and lemonade. Get one and sit down on the couch for the DVD. '

Deirdre and Nora placed the sandwich and snack plates on the huge coffee table in front of the sofas and Anthony played the DVD. The film The Italian Show started on a wall-mounted display. A bird's eye view of Rome first, and then the camera went down to a large building and into it. Inside the building was a furniture exhibition.

bharr an chnoic anois ó fuair Anthony ardú céime', arsa Anne le gáire.

'Comhghairdeas', arsa Deirdre agus í ag tógáil a gloine. 'Bhí mé ar saoire nuair a tháinig an scéala'.

'Sea, tá sibhse ar mhuin na muice anois', arsa Beth ag féachaint ó Anne go hAnthony.

'Seachas an morgáiste ollmhór' arsa Anthony ag féachaint ar a bhean chéile. Bhuail sí go spraíúil sa ghualainn é agus é ag dul thart go dtí an doras tosaigh. Lean Áine é, agus d'fhéach Beth agus Deirdre ar a chéile nuair a chonaic siad go raibh gúna Áine taobh istigh amuigh.

Bhí fuadar ag an doras le screadanna na páistí agus guthanna fir. Thóg Áine na páistí thuas staighre agus tháinig an grúpa fir isteach. Bhog Beth agus Deirdre chuig na fir ag cur fáilte rompu ceann ar cheann agus ag cur ceisteanna faoin oíche roimh ré.

'Is ar éigean a chodail mé', arsa ceann acu.

'Chuamar go dtí teach tábhairne i lár na cathrach go dtí gur chaith siad sinn amach.' arsa fear eile.

'Deirtear nach bhfuil aon rud le déanamh in Adelaide tar éis a haon déag a chlog san oíche.' arsa fear óg.

'Ach is bréag é sin' arsa fear eile ina daichidí ag caochadh súil ar an bhfear óg agus ag tógáil gloine beoir ó Anthony.

'Anois' arsa Anthony leis an ngrúpa, 'tá deochanna ar an gcuntar: beoir, fíon, uisce beatha, agus fiú sú oráiste agus líomanáide. Faigh ceann acu agus suigh síos ar an tolg don DVD.'

Chuir Deirdre agus Beth na ceapairí agus na sneaice ar an mbord caife ollmhór os comhair na toilg agus chuir Anthony an DVD ar siúl. Thosaigh an scannán The Italian Furniture Show ar scáileán ar an mballa. Radharc súil éan don Róimh ar dtús, agus ansin chuaigh an ceamara síos go dtí foirgneamh mór agus isteach ann. Taobh istigh den fhoirgneamh bhí taispeántas troscáin ar siúl.

The men interjected words here and there about the beauty of the furniture. Sometimes Anthony stopped the DVD to talk about a piece of furniture he had bought and was on its way from Italy to Australia. Some of them jotted down notes about what was important such as the simple style that never goes out of fashion and the excellent craftsmanship.

Following the showing, Anthony continued to tell stories of his visit to Italy the previous year in his new role at House of Dreams, an Australian furniture store with branches in every capital city. The men at his house tonight had come from branches in Sydney, Perth, and Melbourne to a furniture show in Adelaide.

Apologizing to the group, Anthony left and went upstairs to check in on Anne and the children.

Deirdre and Beth started talking to the men next to them.

They both worked at House of Dreams in Adelaide, Deirdre as a salesperson and Beth in the office (and occasionally selling). They all started working together when Anthony was a young salesman. He went up the ladder quickly, but neither Deirdre nor Beth advanced as they were raising children. There was a break in their careers when they stayed home with their children and worked part-time. They could not go to a pub at the end of the day, or to a training course at the weekend. They were not jealous of Anthony, but their lives were more difficult financially now, especially after being separated from their husbands.

'What about that chap with the hair', said Deirdre in the car on the way home.

'Liam is it?', Beth replied. 'That's the style today, completely shaven on one side and the other side up in the air like a duck's bum. The same style as my daughter's friend at Sydney university.

Chuir na fir isteach focail anseo is ansiúd mar gheall ar áilleacht na troscáin. Uaireanta, stad Anthony an DVD chun caint faoi phíosa troscáin a bhí ceannaithe aige agus a bhí ar an tslí ón Iodáil chun na hAstráile. Bhreac roinnt dóibh nótaí síos faoi cad a bhí tábhachtach, amhail an stíl shimplí nach dtéann as faisean agus an cheardaíocht den scoth.

I ndiaidh an taispeántais, lean Anthony ar aghaidh le scéalta faoin gcuairt a thug sé ar an Iodáil an bhliain roimhe sin ina ról nua in House of Dreams, siopa troscáin san Astráil le craobhacha i ngach príomhchathair. Bhí na fir a bhí ag a theach an oíche seo tar éis teacht ó chraobhacha i Sydney, Perth, agus Melbourne go dtí taispeántas troscáin in Adelaide.

Ansin, ag gabháil a leithscéal don ghrúpa, d'imigh Anthony agus suas an staighre le seiceáil ar Anne agus na páistí. Thosaigh Deirdre agus Beth ag labhairt leis na fir a bhí le taobh acu.

Bhí an bheirt acu ag obair i House of Dreams in Adelaide, Deirdre mar dhíoltóir agus Beth san oifig (agus ó am go ham ag díol). Thosaigh siad go léir ag obair le chéile nuair a bhí Anthony ina dhíoltóir óg. D'imigh seisean suas an dréimire go tapa, ach ní raibh an dul chun cinn céanna déanta ag Deirdre ná ag Beth agus iad ag tógáil clainne. Bhí sos gairme ann nuair a d'fhan siad sa bhaile lena bpáistí agus nuair a bhí siad ag obair páirt aimsire. Níorbh fhéidir leosan dul go dtí teach tábhairne ag deireadh an lae, nó ar chúrsa oiliúint ag an deireadh seachtaine. Ní raibh siad in éad le hAnthony, ach bhí an saol níos deacra acusan ó thaobh airgid anois, go háirithe tar éis a bheith scartha óna bhfear céile.

'Cad mar gheall ar mo dhuine leis an ngruaig', arsa Deirdre agus iad istigh sa charr ar an tslí abhaile.

'Liam, an ea?', a d'fhreagair Beth. 'Sin an stíl inniu, bearrtha go hiomlán ar thaobh amháin agus an taobh eile thuas san aer mar thóin lachan. An stíl chéanna atá ag cairde m'iníon i Sydney.

79

Ridiculous!

'I like that style' said Deirdre poking Beth in her shoulder and breaking into her thoughts.

'He's too young for you, anyway', said Beth staring ahead in the dark to find the way down. She was nervous until they reached a main road with lights.

Deirdre stopped talking because she noticed that Beth was a bit anxious. Then she started again.

'I know he's too young for me and won't be interested in a woman in her forties, but a cat can look at a king'.

Beth looked at her, 'cats and kings?', and shook her head in amazement.

'What I mean is there's no harm in dreaming', said Deirdre, closing her eyes and smiling.

They made their way down the hill, the engine purring in the mist, and each in their own thoughts.

Beth was finished dreaming of having a new man in her life. To tell the truth, she was now quite happy to be alone in a small apartment, going to the cinema at the weekend with a friend or two. Walking on the beach on a Sunday morning and cooking meals for the week in the evening or looking at books in a second-hand shop or in the local library. But Deirdre was always organising something new for them. Tomorrow afternoon speed dating at a city hall. Beth was doubtful that the speed dating would be no more than a waste of time, but she would go there because Deirdre was interested.

The next evening, the two were in the queue to get their name tags. The entry fee was quite cheap, three euro. Deirdre was excited but Beth doubted if she would meet anyone she liked more than herself. Then they moved to a line of tables that had been put together and sat down in front of a card with their name. On the

Amaideach'.

'Is maith liom an stíl sin' arsa Deirdre ag bualadh Beth ina gualainn agus ag briseadh isteach ina smaointe.

'Tá sé ró-óg duit, ar aon nós', arsa Beth ag stánadh roimpi sa dorchadas chun an tslí síos a aimsiú. Bhí sí neirbhíseach go dtí gur shroich siad príomhbhóthar le soilse.

Stad Deirdre leis an gcaint mar thug sí faoi deara go raibh saghas imní ar Beth. Ansin thosaigh sí arís.

'Tá a fhios agam go bhfuil sé ró-óg dom agus nach mbeadh suim aige i mbean ina daichidí, ach is féidir le cat féachaint ar rí'.

D'fhéach Beth uirthi, 'cat agus rí?', ag crith a ceann le hiontas.

'Is é an rud atá mé ag iarraidh a rá ná níl aon dochar san aisling ', arsa Deirdre, agus í ag dúnadh a súile agus gáire ar a haghaidh.

Rinne siad a mbealach síos an cnoc sa cheo, an t-inneall ag crónán, agus an bheirt acu ina smaointe féin.

Bhí Beth críochnaithe le bheith ag brionglóid faoi fhear nua a bheith ina saol. Chun an fhírinne a rá, bhí sí sásta go leor anois le bheith ina haonar in árasán beag, ag dul go dtí an phictiúrlann ag an deireadh seachtaine le cara nó dhó. Ag siúl ar an trá maidin Dé Domhnaigh agus ag cócaireacht béilí don tseachtain sa tráthnóna nó ag caitheamh a súile ar leabhair i siopa athláimhe nó sa leabharlann áitiúil. Ach bhí Deirdre i gcónaí ag eagrú rud éigin nua dóibh. Tráthnóna amárach geandáil gasta ag halla sa chathair. Bhí Beth amhrasach nach mbeadh an gheandáil gasta níos mó ná ag cur ama amú, ach rachadh sí ann mar bhí suim ag Deirdre ann.

An tráthnóna dár gcionn, bhí an bheirt sa scuaine chun a lipéid a fháil. Bhí an táille iontrála saor go leor, trí euro. Bhí sceitimíní ar Dheirdre ach bhí Beth amhrasach an mbuailfeadh sí le duine a thaitin léi níos mó ná í féin. Ansin bhog siad chuig líne bhoird a bhí curtha le chéile, agus shuigh siad síos os comhair cárta lena n-

other side, each man had a card with his name and number. Beth felt better then. She always had trouble remembering names. She was better with numbers. It was also good that there was a space between her and Deirdre so that they could not hear each other. It would be easier to tell a lie, Beth thought.

At the ringing of the bell, Beth started talking to a man in front of her. She started with 'which do you prefer cat or dog?', a hint that came from the organizer at the beginning of the activity. It was interesting for Beth to get the answers, but it was difficult for her to return an answer. For example, she did not have a cat or a dog, so she could not talk about them. Another question, 'which do you prefer, tennis or football?' Beth couldn't care less about sport. It wasn't long before she was becoming restless, and she was freezing in that big hall because the heat wasn't on.

After seven minutes, the men moved to the left and the women stayed in the same place. It occurred to Beth to start with a different question instead of 'dog or cat'. She tried 'tea or coffee', 'book or movie'.

It then occurred to Beth to ask a question that would be more interesting to her. 'What bothers you the most?'

'People driving slowly', replied one man. That made her laugh.

'And you?' he asked.

'Impatient people', said Beth. That made him laugh.

Despite the interaction, they were clearly relieved when the bell rang and he moved on. Beth looked down at the notebook and noticed that she had nothing written. She looked right and saw Deirdre's notebook full of numbers and names. Beth wrote down the numbers she saw that Deirdre had.

ainmneacha. Ar an taobh eile, bhí cárta ag gach fear lena ainm agus uimhir. Mhothaigh Beth níos fearr ansin. Bhí deacracht i gcónaí aici ainmneacha a chuimhneamh. Bhí sí níos fearr le huimhreacha. Ba mhaith an rud é freisin go raibh spás idir í agus Deirdre ionas nach mbeidís ábalta cloisteáil a chéile . Bheadh sé níos éasca bréag a insint, a cheap Beth.

Ag bualadh an clog, thosaigh Beth ag caint le fear a bhí os a comhar amach. Thosaigh sí le 'cé acu is fearr leat cat nó madra?', nod a tháinig ón eagraí ag tosú an ghníomhaíocht . Bhí sé suimiúil go leor do Beth na freagraí a fháil, ach bhí sé deacair di freagraí a thabhairt ar ais. Mar shampla, ní raibh cat ná madra aici, mar sin ní raibh sí ábalta comhrá a dhéanamh fúthu. Ceist eile, 'cé acu is fearr leat, leadóg nó peil.' Ba chuma le Beth le spórt ar bith. Níorbh i bhfad go raibh sí ag éirí míshuaimhneach, agus bhí sí préachta fuar sa halla mór sin mar ní raibh an teas ar siúl.

Tar éis seacht nóiméad, bhog na fir go dtí an áit ar a gclé agus d'fhan na mná san áit chéanna. Rith sé le Beth tosú le ceist dhifriúil in ionad 'madra nó cat'. Bhain sí triail as 'tae nó caife', 'leabhar nó scannán'.

Ansin, rith sé le Beth ceist a chuir a mbeadh níos suimiúla di. 'Cad é an rud a chuireann isteach ort go mór?'

'Daoine ag tiomáint go mall', a d'fhreagair fear amháin. Chuir sé sin a gháire í.

'Agus tú féin?' arsa seisean.

'Daoine mífhoighneach', arsa Beth. Chuir sé sin a gháire é.

Ainneoin an siar agus aniar eatarthu, ba léir go raibh faoiseamh orthu nuair a bhuail an clog agus bhog sé ar aghaidh. D'fhéach Beth síos ar an leabhar nótaí agus thug sí faoi deara nach raibh faic scríofa aici. D'fhéach sí ar dheis agus chonaic sí leabhar nótaí Dheirdre lán d'uimhreacha agus ainmneacha. Bhreac Beth síos na huimhreacha a chonaic sí a bhí ag Deirdre.

'I don't like speed dating,' said Beth on the way home. 'It's too hard to get to know people there to be sure it's worth going out with them. I am over it. I think I'll try swimming.'

'Okay', Deirdre said, 'but don't give up on love. It's time to go online. I've met some really nice men online.'

'But what about those who are stupid or completely weird?', asked Beth blowing the horn at a car that was still stopped even though the traffic lights had changed.

'If you are looking for a prize, you have to buy tickets in the lottery'. Deirdre always had a saying but usually not a helpful one.

'Anyway', Beth continued, 'The price. I will lose more than three euro if I go online. My health. Even my own life!'

Beth often watched television programs about a woman or girl who died horribly after walking alone at night or dating a man she met online. She did not know why she was interested in those programs. Maybe because of the lesson in them. Do not walk alone at night. Do not take a lift from someone you do not know. Only meet someone you met online in a city centre café and do not go somewhere else with him on the first night.

Despite having doubts about it, Beth allowed Deirdre to make a profile for her to go on an online site.

At about three o'clock on Monday, Anthony came to Beth's office and sat down in the chair in front of her desk. They discussed Saturday night and the visitors. Anthony praised Beth for her work with them. After Beth had left, the visitors were praising her knowledge of Italian furniture. As a result, Anthony was considering sending Beth to Sydney to advise all sellers there

'Ní maith liom gheandáil gasta', arsa Beth ar an tslí abhaile. 'Tá sé ródheacair ar fad aithne a chuir ar dhaoine ann chun a bheith cinnte go mb'fhiú é dul amach leo. Ama curtha amú é. Táim braon de. Ceapaim go mbainfidh mé iarracht as an snámh.'

'Ceart go leor', arsa Deirdre, 'ach ná caith an grá as do cheann. Tá sé in am dul ar líne. Buailim le fir an-deas ar fad ar líne'.

'Ach cad faoi leosan atá amaideach nó ait ar fad?', arsa Beth ag séideadh an bonnán ag carr a bhí stoptha go fóill cé go raibh na soilse tráchta tar éis athraithe.

'Má tá tú ag lorg duais, caithfidh tú ticéid a cheannach sa chrannchur'. Bhí leagan cainte éigean i gcónaí ag Deirdre ach ní raibh sé cabhrach de ghnáth.

'Ar aon nós', a lean Beth, 'An praghas. Beidh níos mó caillte agam ná trí euro má théim ar líne. Mo shláinte. Fiú mo shaol féin!'.

Bhíodh Beth ag féachaint go minic ar chláir theilifíse faoi bhean nó chailín a fuair bás uafásach tar éis bheith ag siúl san oíche ina haonar, nó ag dul amach le fear a bhuail sí leis ar líne. Ní raibh a fhios aici cén fáth go raibh suim aici sna cláir sin. B'fhéidir mar gheall ar an gceacht a bhí iontu. Ná siúl i d'aonar san oíche. Ná tóg síob ó éinne nach bhfuil aithne agat orthu. Ná buail le duine a bhuail tú leis ar líne ach i gcaifé i lár na cathrach agus ná téigh go dtí áit eile leis ar an gcéad oíche.

In ainneoin bheith in amhras faoi, lig Beth le Deirdre próifíl di a dhéanamh le haghaidh suíomh ar líne.

Timpeall a trí a chlog ar an Luain, tháinig Anthony go dtí oifig Beth agus shuigh sé síos ar an gcathaoir os comhair a deasca. Phléigh siad le hoíche dhé Satharn agus na cuairteoirí ó Sydney. Mhol Anthony an obair a rinne Beth leo. Tar éis imeacht Beth bhí na cuairteoirí a moladh faoin eolas a bhí aici faoi throscáin Iodáilise. Mar sin, bhí Anthony ag smaoineamh Beth a chur chuig

about Italian furniture and how to sell it.

Beth objected because she didn't think of herself as a seller, let alone a buyer. But Anthony's mind was made up. Beth would be on the plane to Sydney in a fortnight. And another thing, he said to buy a first class return ticket from the travel account and to book three nights in a four-star hotel. 'Which airline?', Beth asked. 'Qantas, of course', he replied. Beth was amazed. She usually flew only on a low-cost airline. Now she was to fly with Qantas and in first class.

'I'm jealous of you', said Deirdre on the way to the airport.

Anthony had given them the company car instead of Beth getting a taxi so that the two would have a chance to talk about Italian furniture along the way. Beth had brochures and as she read out the details, Deirdre was advising what kind of person would be interested in buying that piece.

'A young man wearing shoes without socks', Deirdre said about the picture of a large leather sofa. Beth never met a man wearing shoes without socks.

'Scandalous' she said with disgust.

'Or a young man wearing socks with an interesting pattern that you only see when he's sitting.'

It was incredible what was in fashion now, Beth thought. 'And does a young woman buy Italian furniture?' Beth asked.

'Yes, if she's with a man twenty years older than her, and I'm not talking about her father' replied Deirdre pulling in at Departures.

It was the first time Beth had flown first class. As a result.

Sydney chun comhairle a thabhairt do na díoltóirí go léir ann faoi throscáin Iodáilise agus conas é a dhíol.

Rinne Beth agóid, mar níor smaoinigh sí uirthi féin mar dhíoltóir, gan trácht ar cheannaitheoir. Ach bhí intinn Anthony déanta suas. Beidh Beth ar an eitleán go Sydney i gceann coicíse. Agus rud eile, dúirt sé ticéad fillte den chéad rang a cheannach ón gcuntas taisteal agus trí oíche in óstán ceithre réalta a chur in áirithe. 'Cén aerlíne?', arsa Beth. 'Qantas, gan dabht', a d'fhreagair Anthony. Bhí ionadh ar Beth. De ghnáth, níor eitil sí ach ar aerlíne ar chostas íseal. Anois bhí sí chun eitilt le Qantas agus sa chéad rang.

'Táim in éad leat', arsa Deirdre ar an mbealach go dtí an t-aerfort.

Thug Anthony an carr comhlachta dóibh ionas go mbeadh seans acu labhairt faoi throscáin Iodálach ar an tslí. Bhí bróisiúir ag Beth agus nuair a bhí sí ag léamh amach na sonraí, thug Deirdre comhairle di faoin saghas duine a mbeadh suim aige nó aici an píosa sin a cheannach.

'Fear óg atá ag caitheamh bróga gan stocaí', arsa Deirdre faoin bpictiúr de tholg mór leathar.

Níor bhuail Beth riamh ar fhear ag caitheamh bróga gan stocaí.

'Scannalach' arsa sí le déistin.

'Nó fear óg ag caitheamh stocaí le patrún suimiúil nach bhfeiceann tú iad ach nuair atá sé ina shuí.'

Bhí sé dochreidte cad a bhí san fhaisean anois, , a cheap Beth. 'Agus an gceannaíonn bean óg an troscán Iodáilise?'

'Sea, má tá sí le fear fiche bliain níos aosta ná í, agus nílim ag caint faoina hathair' a d'fhreagair Deirdre ag tarraingt isteach ag an Eitilt Amach.

Ba é an chéad uair a bhí Beth ag eitilt sa chéad rang. Mar sin,

she paid attention to every detail and texted Deirdre. At first those special passengers had their own check-in and the queue was short. But she was disappointed when all the passengers were together going through security, and as she was alone, of course she was stopped, and her body examined with a wand. She tried to be patient with the young woman who was all serious doing the examination. Beth kept smiling the whole time and thanked the young woman when the examination was finished.

She was delighted to see that there was half an hour to spend in the first-class lounge. She walked around taking note of everything. Most people were on laptops. Drinks and food were available, newspapers and magazines – financial magazines. She did not see any women 's magazines. She then got a tray and picked up small food items that were freely available from the counter. A waiter came to take her drink order and a cup of coffee was made for her. As she sat down on an armchair with a small table next to it, she was looking forward to eating and drinking and texting Deirdre, but the loudspeaker announced that her flight was ready to board. She swallowed the coffee and put a tiny, sweet cake in the napkin and put it in her bag.

At the gate the first-class passengers were being called. She felt shy walking ahead of the other passengers but straightened her back and put a smile on her face and before long she was enjoying being one of the special people. She did not think she was special, but she felt her confidence increase. 'I deserve it,' she thought in response to the welcome she received on board.

Her name was used, and her seat was shown to her in the third row on the left. There were two seats and one person sitting near the window. Beth sat down and put on her seat belt. She took her glasses and a women's magazine out of her bag and placed the bag under the seat in front of her. She lay back enjoying the space she

thug sí aird ar gach sonra ag cur téacs faoi chuig Deirdre. Ar dtús bhí a sheiceáil isteach féin ag na paisinéirí speisialta sin agus an scuaine gearr. Ach bhí díomá uirthi nuair a bhí na paisinéirí go léir le chéile ag dul tríd an tslándáil, agus mar bhí sí ina haonar, ar ndóigh, stopadh í agus rinneadh scrúdú ar a corp le slat. Rinne sí iarracht a bheith foighneach leis an mbean óg a bhí dáiríre ar fad ag déanamh an scrúdú. Bhí aoibh ar Beth i gcónaí agus ghabh sí buíochas leis an mbean óg nuair a bhí an scrúdú críochnaithe.

Bhí áthas uirthi nuair a chonaic sí go raibh leath uair le caitheamh sa tolglann don chéad rang. Shiúil sí timpeall ag tabhairt faoi deara gach rud. Bhí formhór na ndaoine ar ríomhairí ghlúine. Bhí deochanna agus bia le fáil, nuachtáin agus irisí – irisí a bhain leis an airgeadas. Ní fhaca sí irisí bhan ar chor ar bith. Ansin fuair sí tráidire agus thóg nithe beaga bia a bhí le fáil saor in aisce ón gcuntar. Tháinig freastalaí chun a hordú di a thógáil agus rinneadh cupán caife di. Nuair a shuigh sí síos ar chathaoir uillinne le bord beag uillinn in aice leis, bhí sí ag tnúth le bheith ag ithe agus ag ól agus ag téacsáil le Deirdre, ach tháinig fógra go raibh a heitilt réidh le dul ar bord. Shlog sí an caife agus chuir sí cáca milis bídeach sa naipcín agus chuir isteach ina mála é.

Ag an ngeata bhí glaoch ar na paisinéirí den chéad rang. Mhothaigh sí cúthail ag dul chun tosaigh ar na paisinéirí eile ach dhírigh sí a dhroim agus chuir aoibh ar a haghaidh agus roimh i bhfad bhí sí ag baint sult as a bheith ar dhuine de na daoine speisialta. Níor cheap sí go raibh sise speisialta ach mhothaigh sí a muinín ag méadú. 'tá seo tuillte agam', a cheap sí ag freagairt an fháilte a cuireadh uirthi ar bord.

Úsáideach a hainm, agus taispeánadh a suíochán di sa tríú sraith ar chlé. Bhí dhá shuíochán ann agus duine ina shuí in aice leis an bhfuinneog. Shuigh Beth síos agus chuir uirthi an crios slándála. Thóg sí a spéaclaí agus iris bhan as a mála agus chuir an

had. She thought she would be able to curl herself up in the chair as she used to when she was young, but she put paid to that idea.

Out of the corner of her eye, she noticed that the man next to her was not reading or listening to headphones but looking forward or looking out the window. As a result, she thought she was allowed to talk to him, but what would she say? The answer to the problem came when the pilot ordered the doors to be closed. She looked at her watch and said 'I'm glad the flight will be on time' looking right. The man was looking out the window. Her talk didn't stir him. Beth went back to reading. Maybe he's deaf she thought. Maybe deaf and dumb, or no English at all.

But a little later when there was an offer of a glass of champagne or orange juice from the flight attendant, the two of them chose the champagne and started discussing wine. They then went on to discuss wine districts such as McLaren Vale in Adelaide and the Hunter valley in Sydney. He was flying back to Sydney after visiting his son who was studying in Adelaide. Beth told her own story about the Italian furniture and her daughter Kate. After a while, the man said he was getting tired after the big night he spent with his son. He lay back and closed his eyes. When the meal arrived, he was snoring.

Kate was waiting for Beth at the Sydney Arrivals. She had arrived on the train. Beth had experience with the train from the airport to the city, but since Anthony was paying, they took a taxi. They spent the half hour chatting about their lives in Adelaide and Sydney. At the hotel they had a meal together and at nine o'clock Kate's boyfriend came to take her home. The three of them decided

mála faoin suíochán os a comhair. Luigh sí siar ag baint taitneamh as an spás a bhí aici. Cheap sí go mbeadh sí ábalta í féin a chuachadh sa chathaoir mar ba ghnách léi nuair a bhí sí óg, ach chuir sí deireadh leis an smaoineamh sin.

As cúinne a súile, thug sí faoi deara nach raibh an fear in aice léi ag léamh nó ag éisteacht le cluasáin, ach bhí sé ag féachaint ar aghaidh nó ag féachaint amach an fhuinneog, mar sin, cheap sí go raibh cead aici labhairt leis, ach cad a déarfadh sí? Tháinig freagra don fhadhb nuair a d'ordaigh an píolóta na doirse a dhúnadh. D'fhéach sí ar a huaireadóir agus dúirt 'tá áthas orm go mbeidh an eitilt in am' ag féachaint ar dheis. Bhí an fear ag féachaint amach an fhuinneog. Níor spreagadh é chun cainte. Chuaigh Beth ar ais ag léamh. B'fhéidir go bhfuil sé bodhar a cheap sí. B'fhéidir bodhar agus balbh, nó gan aon Bhéarla.

Ach beagáinín níos déanaí nuair a bhí tairiscint gloine seaimpéin nó sú oráiste ón aeróstach, roghnaigh an bheirt acu an seaimpéin agus thosaigh siad ag caint. Lean siad ar aghaidh ag caint faoin cheantair fhíona mar McLaren Vale in Adelaide agus an Hunter Valley i Sydney. Bhí seisean ag eitilt go Sydney tar éis cuairt a thabhairt ar a mhac a bhí ag staidéar in Adelaide. D'inis Beth a scéal féin faoi cén fáth a bhí sise ag eitilt go Sydney, an troscán Iodáilise, agus a hiníon Cáit a bhí ag staidéar ann. Tar éis tamall, dúirt an fear go raibh sé ag éirí tuirseach mar gheall ar an oíche mhór a chaith sé lena mhac. Luigh sé siar agus dhún sé a shúile. Nuair a tháinig an béile, bhí sé ag srannadh.

Bhí Cáit ag fanacht le Beth ag an Teacht Isteach i Sydney. Bhí sí tar éis teacht ann ar an traein. Bhí taithí ag Beth leis an traein ón aerfort go dtí an chathair, ach ós rud é go raibh Anthony ag íoc gach rud ar an deireadh seachtaine seo, thóg siad tacsaí. Chaith siad an leath uair den turas ag clabaireacht faoina saol in Adelaide agus i Sydney. Ag an óstán bhí béile acu le chéile agus ag a naoi a

to get together on Sunday night if they could.

Beth had a restless sleep as she always had on the first night in a new bed, not to mention a new city, and the big day ahead. Fortunately, her first appointment was not until noon. She woke up at ten o'clock, too late for breakfast at the hotel, but there was tea and coffee available in her room, and she still had the tiny, sweet cake in her bag. She made a cup of tea to go with it and sat in an armchair. She opened her phone to see if she had any messages. One from Deirdre describing the previous night in the pub in Adelaide. Beth was excited to hear all the details but had to wait until the end of the day when her work was finished. At half past eleven, she moved to the reception and a taxi was called for her. She could get used to this life.

She was anxious about the job she had to do that day, but she got a great reception in each store she visited during the afternoon. On each visit, she walked around the store talking to the sales staff about the Italian furniture that had arrived. Then she enjoyed watching customers sitting on a couch, or at a coffee table, or standing at a bookcase while the salesperson talked to them. From time to time the salesperson had a question and Beth entered the conversation. But for the most part, she stood aside.

At the end of the day everything went according to Beth's plan. In front of the last shop was a taxi rank and she took one back to the hotel. Along the way, she started planning her day off in Sydney the next day. Maybe she would take a ferry around the harbor, go to the modern art gallery at the 'Rocks', climb the Bridge – she stopped there. Keep hold of yourself. You are too old to climb anywhere but upstairs to your bed. There was a voice in Beth's mind that was constantly preventing her from going too

chlog tháinig buachaill Cháit chun í a thabhairt abhaile. Bheartaigh an triúr acu teacht le chéile oíche Dhomhnaigh dá bhféadfaidís.

Bhí codladh corraithe ag Beth mar a bhíodh i gcónaí aici ar an gcéad oíche i leaba nua, gan trácht ar chathair nua, agus an lá mór a bhí roimpi. Ar an dea-uair, ní bheadh an chéad choinne go dtí meán lae. Dhúisigh sí ar a deich a chlog, ródhéanach don bhricfeasta san óstán, ach bhí tae le fáil sa seomra, agus bhí an cáca milis bídeach fós aici ina mála. Rinne sí cupán tae chun dul leis agus shuigh sí sa chathaoir uillinne. D'oscail sí a fón chun féachaint an raibh teachtaireachtaí aici. Bhí ceann ó Dheirdre ag déanamh cur síos ar an oíche roimh ré sa phub in Adelaide. Bhí Beth ar bís na sonraí go léir a chloisteáil, ach bhí uirthi fanacht go dtí deireadh an lae nuair a bheadh sí críochnaithe lena cuid oibre. Ag leath uair tar éis a haon déag, bhog sí don fháiltiú agus cuireadh glaoch ar thacsaí di. Bheadh sé éasca dul i dtaithí ar an saol seo, a cheap sí.

Bhí sí imníoch faoin jab a bhí le déanamh aici ar an lá sin, ach cuireadh fáiltiú mór roimpi i ngach siopa a thug sí cuairt air i rith an tráthnóna. Ar gach cuairt, shiúil sí timpeall an tsiopa, ag labhairt leis na díoltóirí faoi na troscáin Iodáilise a bhí tar éis teacht isteach. Ansin bhain sí sult as a bheith ag breathnú ar chustaiméirí ag suí ar tholg, nó ag bord caife nó ag seasamh ag leabhragán agus an díoltóir ag caint leo. Ó am go ham bhí ceist ag na díoltóirí di agus bhris Beth isteach ar an gcomhrá. Ach san iomlán d'fhan sí ar leataobh.

Ag deireadh an lae go léir, chuaigh gach rud de réir mar a bhí sé leagtha amach ag Beth. Bhí sí muiníneach go raibh eolas maith ag an bhfoireann sna siopaí faoi gach rud a bhí ar eolas ag Beth féin. Os comhair an tsiopa dheireanaigh bhí stad tacsaí agus thóg sí ceann ar ais go dtí an t-óstán. Ar an tslí, thosaigh sí ag pleanáil an lá saor a bheadh aici i Sydney an lá arna mhárach. B'fhéidir go dtógfadh sí bád farantóireachta timpeall an chuain, go rachadh sí

far.

Beth ordered room service. A bowl of sea pasta, salads, and a glass of red wine. She looked at her messages. One was from Anthony and one from Deirdre. She ignored the one from Anthony and read the long one from Deirdre. A detailed account about the day's happenings and who was in the pub the previous night.

Then Deirdre talked about the photo that was on her Facebook page now. Beth was jealous when she saw the photo. She would rather be there than on her own in Sydney.

But there was someone she did not know. 'Who is the guy on your left?'

'That's Jamie,' replied Deirdre. Don't you recognize him? '

'I do. But Jamie is on your right. I'm talking about the man on your left.

' I don't know him ', said Deirdre. 'Maybe it's a photo bomb'.

'What's a photo bomb?'

'When a stranger inserts himself (rarely a woman) into a selfie without permission'.

'Unbelievable!'

Then Deirdre talked about the two from the speed dating she was going to meet soon. One at seven o'clock and another at nine.

'I can't wait for the details. 'But be careful, and take care of yourself my friend'.

Beth was sure, however, that Deirdre would not take care of herself. Surely there would be some catastrophe before the end of

go dtí an dánlann nua-ealaín ag na 'Rocks', go ndreapfadh sí an Droichead. Stop sí le sin. Coinnigh guaim ort féin. Tá tú róshean chun a bheith ag dreapadóireacht aon áit ach suas staighre go dtí do leaba. Bhí guth taobh istigh a bhí ag cur bac uirthi i gcónaí dul thar fóir.

D'ordaigh Beth seirbhís seomra. Babhla pasta mara, sailéad, agus gloine fíon dearg. D'fhéach sí ar a teachtaireachtaí. Bhí ceann ó Anthony agus ceann ó Dheirdre. Thug sí neamhaird ar an gceann ó Anthony agus léigh sí an ceann fada ó Dheirdre. Cur síos mionsonraithe faoi imeachtaí an lae agus cé a bhí ag an bpub an oíche roimhe sin.

Ansin labhair Deirdre faoin ngrianghraf a bhí ar Facebook faoi. Bhí éad ar Beth nuair a chonaic sí an grianghraf. B'fhearr léi bheith ann ná ina haonar i Sydney.

Ach bhí duine ann nach raibh aithne aici air. 'Cé hé mo dhuine ar do chlé?'

'Sin Jamie',' a d'fhreagair Deirdre. 'Nach n-aithníonn tú é?'

'Aithním, ach tá Jamie ar do dheis. Táim ag caint faoin fhear atá ar do chlé'.

'Ní aithním é', arsa Deirdre. 'B'fhéidir gur fótabhuamáil atá i gceist'.

'Cad é fótabhuamáil?'

'Nuair a chuireann strainséir é féin (is annamh a dhéanann bean é sin) isteach i bhféinín gan cead.'

'Dochreidte!'

Ansin labhair Deirdre faoin mbeirt ón gheandáil gasta a bhí sí chun bualadh leo go luath. Duine amháin ar a seacht a chlog agus duine eile ar a naoi.

'Ní féidir liom fanacht leis na sonraí'. 'Ach bí cúramach, agus tóg aire duit féin a chara'.

Bhí Beth cinnte, mar sin féin, nach dtabharfadh Deirdre aire

the night.

Beth tapped on Anthony's message hoping it would be nothing but congratulations for the job today as she was sure he would have checked up on her throughout the day. That was it, but more than that, a timetable was written for her for the next day. She would have to go on a boat trip and meet the Italian consul. My goodness!, she thought. She picked up the room phone and ordered a bottle of Italian wine. It came straight away and she swallowed a few glasses. She lay on the bed and fell asleep until five o'clock in the morning.

Beth woke up at five o'clock as her phone rang urgently. It had to be important because everyone knew she hated ringing phones. She always preferred to get a text in advance. She answered the phone when she saw it was Deirdre. Before she had a chance to say anything, Deirdre began to cry bitterly. Beth couldn't calm her down or figure out what was wrong with her.

After a few minutes she shouted, 'Stop, Deirdre. Stop. Stop'. Deirdre stopped crying and then Beth asked her what was happening.

Deirdre then told her an awful story. She was in the pub drinking with friends after meeting the men from the speed dating. Halfway through the night she went to the Ladies. She came back to her seat and she remembered nothing after that until she woke at four. She had been looking for her phone for a while and found it under the sheets.

'The sheets!', Beth shouted. 'Where are you?'

There was silence for a while, and then Deirdre, crying again, said

'I am in a hotel in the city centre. I don't remember how or

di féin. Cinnte beadh tubaiste éigean ar siúl roimh dheireadh na hoíche.

Thapáil Beth ar theachtaireacht Anthony ag tnúth nach mbeadh ann ach comhghairdeas don jab inniu mar bhí sí cinnte go mbeadh sé tar éis seiceáil suas uirthi i rith an lae. Sin a bhí ann, ach níos mó ná sin, bhí clár ama scríofa di don lá arna mhárach. Bheadh uirthi dul ar bhád thuras agus buail leis an gconsal Iodáilise. Dia linn! a cheap sí. Thóg sí suas an fón seomra agus d'ordaigh sí buidéal fíona Iodáilise. Tháinig sé go díreach, agus shlog sí síos cúpla gloine de. Luigh sí ar an leaba agus thit sí ina cnap codladh go dtí cúig a chlog ar maidin.

Dhúisigh Beth ar a chúig a chlog mar bhí a fón ag bualadh go práinneach. Caithfidh gur rud tábhachtach a bhí ann mar bhí a fhios ag cách gur fuath léi bualadh fóin. B'fhearr léi i gcónaí téacs a fháil roimh ré. D'fhreagair sí an fón nuair a chonaic sí gur Deirdre a bhí ann. Sula raibh seans aici rud a rá, thosaigh Deirdre ag caoineadh go cráite. Níorbh fhéidir le Beth í a shuaimhniú nó a dhéanamh amach cad a bhí mícheart léis.

Tar éis cúpla nóiméad bhéic sí 'Stop, a Dheirdre. Stop. Stop'. Stop Deirdre an caoineadh agus ansin d'iarr Beth uirthi cad a bhí ag tarlú.

D'inis Deirdre scéal uafásach. Bhí sí sa phub ag ól le cairde tar éis bualadh leis na fir ón gheandáil gasta. Leath bealaigh tríd an oíche, chuaigh sí go dtí leithreas na mban. Tháinig sí ar ais go dtí a suíochán agus níor chuimhnigh sí faic ina dhiaidh go dtí gur dhúisigh ag a ceathair. Bhí sí ag aimsiú a fón le tamall agus tháinig sí air faoi na braillíní.

'Na braillíní!', a scread Beth.'Cá bhfuil tú?'.

Bhí ciúnas ann faoi thamall, agus ansin dúirt Deirdre, agus í ag caoineadh arís,

'Táim in óstán i lár na cathrach. Ní cuimhin liom conas nó

when I came here'.

Beth took a deep breath and then quietly asked if Deirdre was hurt. In particular, was it rape. Deirdre wasn't sure about that. What could Beth say then but advise Deirdre to call the Rape Crisis Centre and her Mom and not take a shower.

Beth was raging that she was so far from her friend but what else could she do but give advice? She texted Deirdre to say that she would be with her in mind during the day and until they met on Monday and that she would be checking her phone often. Then Beth lay back on the bed and fell asleep.

She woke up with a start at a knock on the door from the cleaner. It was noon. She was annoyed with herself and let the woman in. She looked at her phone fearing an urgent text from Deirdre, or a missed call. There was a long text from Deirdre saying that she was OK because her Mum came to the hotel and they could see the CCTV and the evidence that Deirdre got in a taxi, that she was alone, and that she was alone in the elevator and on the floor where her room was. She had the result of the test and she wasn't injured. Deirdre had a lot left to say, but it could wait until Beth was back in Adelaide.

Thanks be to God, Beth thought, and then turned her mind to the adventure that awaited her that last day in Sydney. Without drama, she hoped.

It was a beautiful but windy day, and Beth enjoyed the wind on her face on the sailing boat on Sydney harbour: the famous metal Bridge, and the Opera House which looked like a giant swan on the foreshore. It was a private boat for a group interested in Italy and its culture, She had champagne in her hand and was lying back

cathain a tháinig mé anseo'.

Thóg Beth anáil mhór isteach agus ansin d'fhiafraigh sí an raibh Deirdre gortaithe. Go háirithe, an raibh éigniú i gceist. Ní raibh Deirdre cinnte faoi sin. Cad a d'fhéadfadh Beth a rá ansin ach comhairle a thabhairt do Dheirdre glaoch ar an Rape Crisis Centre agus ar a Mam agus gan cith a ghlacadh.

Bhí Beth ar buille go raibh sí chomh fada sin óna cara ach cad eile a d'fhéadfadh sí a dhéanamh ach comhairle a thabhairt? Sheol sí téacs chuig Dheirdre a rá go mbeadh sí léi ina hintinn i rith an lae agus go dtí go mbuailfidís le chéile ar an Luain agus go mbeadh sí ag seiceáil a fón go minic. Ansin luigh Beth siar ar an leaba agus thit sí ina codladh.

Baineadh geit aisti le cnag ar an doras ón nglantóir. Meán lae a bhí ann. Bhí sí ar buille léi féin agus ag ligean an bhean isteach. D'fhéach sí ar a fón le heagla go mbeadh téacs práinneach ó Dheirdre ann, nó glaoch caillte. Bhí téacs fada ann ó Dheirdre a rá go raibh sí ceart go leor mar gur tháinig a Mam go dtí an t-óstán agus go raibh siad ábalta an CCTV a fheiceáil agus an fhianaise gur tháinig Deirdre i dtacsaí, go raibh sí ina haonar, agus go raibh sí ina haonar san ardaitheoir agus ar an urlár ina raibh a seomra. Bhí toradh an scrúdú aici agus ní raibh sí gortaithe. Bhí go leor fágtha le rá ag Deirdre, ach d'fhéadfadh sé fanacht go dtí go raibh Beth ar ais in Adelaide.

Buíochas le Dia, a cheap Beth, agus ansin chas sí a haigne chuig an eachtra a bhí rompu féin an lá deireanach sin i Sydney. Gan dráma, bhí súil aici.

Lá breá ach gaofar a bhí ann, agus bhain Beth sult as an ngaoth a bhí ar a héadan agus í ar bhád seoil ar chuan Sydney: an Droichead miotal cáiliúla, agus an t-áras ceoldrámaíochta a bhí mar eala ollmhór ag an gcladach. Bád príobháideach a bhí ann don dream galánta a bhí suim acu san Iodáil agus a cultúir. Bhí seaimpéin ina

with closed eyes when she heard a voice in her ear say 'aren't you the happy one?'

'I am, certainly,' she said opening her eyes, convinced it was someone she knew, but a stranger was in front of her. She quickly stood, spilling the champagne at the same time. The man handed her a napkin from his pocket and then moved on without another word. She was confused at first but quickly recovered and began to walk around the boat introducing herself to new people and greeting people she already knew.

After a while, the boat anchored at a place where there was a barbecue, and white plastic chairs were set out in rows in front of a small stage where there were two men and a woman.. Beth got a plate of food and sat in the front row. Once the group had settled down, the audience was welcomed, and then the Italian consul and his wife. He stood up and spoke in Italian for a bit and then in English about the special relationship between Australia and Italy.

When he had finished, he was applauded. Suddenly, Beth heard the same voice she had heard earlier on the boat, but now the voice was behind her. She looked back and saw that man talking animatedly with women and men on each side.

After a few songs and music from a small band the break was finished and the crowd got back on the boat and back to Sydney harbour. Saying goodbye to people at the taxi rank, Beth found herself in front of the man who had bothered her on the boat, who had been 'in her space', as they say, but had moved off after that. She did not know why he bothered her, but now he was right in front of her asking whether she would ever be back in Sydney. She replied that it was possible. Then Brad (the name of the voice man)

lámh aici agus í ag luí siar le súile dúnta nuair a chuala sí guth ina cluais a rá 'nach bhfuil tusa ar do sháimhín shó?'

'Táim cinnte', arsa sí ag oscailt a súile, cinnte go mbeadh duine a bhí aithne uirthi ann, ach strainséir a bhí os a comhair amach. Sheas sí go gasta ag doirteadh an seaimpéin ar a gúna ag an am céanna. Thug an fear naipcín di as a bpóca agus ansin bhog sé ar aghaidh gan focal eile a rá. Bhí mearbhall uirthi ar feadh tamaill, ach tháinig sí chuici féin go tapa agus thosaigh sí ag siúl timpeall an bháid ag cur in aithne di le daoine nua agus ag beannú le daoine eile a bhí aithne aici orthu cheana.

Tar éis tamall, chuaigh an bád ar an ancaire ag áit ina raibh beárbaiciú ar siúl agus cathaoireacha bána plaisteacha leagtha amach i sraitheanna os comhair ardán beag ar a raibh beirt fhear agus bean. Fuair Beth pláta bia agus shuigh sí sa tsraith thosaigh. Nuair a bhí an dream socraithe síos, cuireadh fáilte roimh an lucht éisteachta agus ansin ar an gconsal Iodálach agus a bhean chéile. Sheas sé suas agus labhair tamaill in Iodáilis agus ansin i mBéarla faoin mbaint speisialta idir an Astráil agus an Iodáil.

Nuair a bhí sé críochnaithe, tugadh bualadh bos dó. Go tobann, chuala Beth an guth céanna a chuala sí níos luaithe ar an mbád, ach anois bhí an guth taobh thiar di. D'fhéach sí ar chúl agus chonaic sí an fear sin ag caint go bríomhar le mná agus fir ar gach taobh de.

Tar éis cúpla amhrán agus ceol ó bhanna beag bhí deireadh leis an sos agus chuaigh an dream ar ais ar an mbád agus ar ais go dtí cuan Sydney. Ag fágáil shlán le daoine ag an staid tacsaí ag an gcé, fuair Beth í féin os comhair an fhir a bhí tar éis curtha isteach uirthi ar an mbád, a bhí 'ina spás', mar a deirtear, ach a bhog ar aghaidh leis i ndiaidh sin. Ní raibh a fhios aici cén fáth gur chuir sé isteach uirthi, ach anois bhí sé díreach roimpi á cheistiú an mbeadh sí ar ais i Sydney am ar bith. D'fhreagair sí gurbh fhéidir go mbeadh. Ansin

asked for her email address and she gave it to him when he said he would like to meet her for lunch any time she was back in Sydney. Beth was thinking that she would like to do more travelling and that it would be good to have a friend in Sydney.

Deirdre was waiting for Beth at Adelaide airport on Monday morning, and on the way to the shop they talked about everything that had happened that weekend. Deirdre was putting the bad things that happened to her behind her and focusing on the positives, the men she met from the speed dating and new people in the pub. 'And the man who was looking at you in that selfie on Facebook?' asked Beth. Deirdre still knew nothing about him but thought he was pretty handsome. Maybe he'll be at that pub another time.

'And what about you?', Deirdre asked.
Beth described the events from the weekend but deliberately left out the story of Brad. Beth only had feelings about him. She still did not have the words to describe why her body felt somewhat agitated about him.
In the afternoon that day when the shop was quiet, Beth came down from her office to go out with Deirdre for a coffee break. Deirdre was at her desk behind a huge bouquet of flowers.
'Well, well', said Beth. 'Who sent these to you?'
'I'm not sure yet', said Deirdre and handed Beth a small white card with the words 'for the beautiful woman I met recently' written on it.
'Undoubtedly a secretive man.', said Beth.
At the street café near her work, Deirdre described the three men she was interested in. It might be that one of them had sent the flowers. But in the end she couldn't decide on any of them.
Months passed and the two women were busy approaching

d'iarr Brad (ainm fear an guth) di a seoladh ríomhphost, agus thug sí é dó nuair a dúirt sé gur mhaith leis bualadh léi le haghaidh lón aon uair a bheadh sí ar ais i Sydney. Bhí Beth ag smaoineamh gur mhaith léi níos mó taisteal a dhéanamh agus go mbeadh sé go deas cara a bheith aici i Sydney.

Bhí Deirdre ag fanacht le Beth ag aerfort Adelaide maidin Dé Luain, agus ar an tslí go dtí an siopa, labhair siad faoi gach rud a bhí tar éis tarlú ar an deireadh seachtaine sin. Bhí Deirdre ag cur na drochrudaí a tharla taobh thiar di agus ag díriú ar na rudaí dearfacha, na fir a bhuail sí leo ón gheandáil gasta, agus daoine nua sa phub. 'Agus an fear a bhí ag féachaint ort sa féinín sin ar Facebook?' arsa Beth. Ní raibh eolas go fóill ag Deirdre faoi, ach cheap sí go raibh sé dathúil go leor. B'fhéidir go mbeadh sé ag an bpub sin uair éigean eile.

'Agus cad faoi thusa?', arsa Deirdre.

Rinne Beth cur síos ar na heachtraí ón deireadh seachtaine ach ag fágáil amach d'aon ghnó an scéal faoi Bhrad. Ní raibh ach mothúcháin ag Beth faoi. Ní raibh na focail fós aici chun tuairisc a thabhairt cén fáth a raibh saghas ruaille buaille ina corp faoi.

Sa tráthnóna an lá sin, nuair a bhí an siopa ciúin, tháinig Beth síos óna hoifig chun dul amach le Deirdre le haghaidh sos caife. Bhí Deirdre ag a deasc taobh thiar de bhláthfhleasc ollmhar.

'Bhuel, bhuel', arsa Beth. 'Cé a sheol iad seo chugat?'

'Nílim cinnte fós', arsa Deirdre agus thug sí cárta beag bán do Beth leis na focail 'don bhean álainn ar bhuail mé léi le déanaí' scríofa air.

'Fear rúnda gan amhras.', arsa Beth.

Ag an gcaifé sráide rinne Deirdre cur síos ar an triúr fear a bhí suim aici iontu. D'fhéadfadh sé gur sheol duine acu na bláthanna. Ag an deireadh, níor shocraigh sí ar aon cheann acu.

D'imigh na míonna thart agus bhí an bheirt bhan gafa lena

the end of the financial year. They were helping Anthony with the sale and the stocktaking. During that time, Beth received an email from Brad asking if she would be back in Sydney soon.

'Full of himself', thought Beth. She would prefer at least 'Beth, I wonder if you remember me. It's me… we met a few months… '

But then she thought back on that man's personality. A straight-to-the point man with everyone. She sent an email back to Brad saying that she would be back in Sydney in a fortnight, but alone, as Anthony was too busy to come with her.

The next day, while she was drinking coffee with Deirdre, she told the story about Brad for the first time, and the plan now was for him to come to her hotel room and have dinner there on the first night.

'You're joking!', said Deirdre. 'Don't you remember the rules? It's okay to meet him in a café in the city centre, but it's too dangerous to meet a stranger in your room.'

Beth didn't agree with that opinion. Brad was not a stranger because they had met already on a boat in Sydney.

'What is his surname, then', asked Deirdre.

Beth had to admit she didn't know. The only identification in his email was Brad@…

'Enough said.' said Deirdre.

The two returned to the store and Beth emailed Brad back with the date she would be in Sydney, with the suggestion of meeting on Saturday at three o'clock outside the new art gallery near the 'Rocks'. Deirdre was right about choosing a neutral place to meet Brad. Even though she was in her forties, with a daughter in her twenties, she was a naive woman. She had met her ex-husband when they were still at school, and she didn't think of anyone else

gcuid oibre ag druidim le deireadh na bliana airgeadais. Bhí siad ag cabhrú le hAnthony leis an sladmhargadh agus an stocáireamh. Le linn an ama sin, fuair Beth ríomhphost ó Bhrad ag ceistiú an mbeadh sí ar ais i Sydney go luath.

'Lán de féin', a cheap Beth. B'fhearr léi, ar a laghad, 'A Beth, ní fheadar an cuimhin leat mé. Is mise…bhuaileamar le chéile cúpla mí…'

Ach ansin smaoinigh sí siar ar pearsanta an fear sin. Fear a bhí díreach le gach duine. Sheol sí ríomhphost ar ais chuig Brad a rá go mbeadh sí ar ais i Sydney i gceann coicíse, ach ina haonar, mar bhí Anthony ró gnóthach chun teacht léi.

An lá dár gcionn, nuair a bhí sí ag ól caife le Deirdre, d'inis sí an scéal faoi Bhrad don chéad uair, agus an phlean a bhí ann anois go dtiocfadh sé chuig a seomra san óstán agus go mbeadh dinnéar acu ann ar an gcéad oíche.

'Ag magadh atá tú!', arsa Deirdre. 'Nach gcuimhníonn tú na rialacha? Ceart go leor bualadh leis i gcaifé i lár na cathrach ach tá sé róbhaolach bualadh le strainséir i do sheomra.'

Níor aontaigh Beth leis an tuairim sin. Níor strainséir é, Brad, mar bhuail siad lena chéile cheana féin ar an mbád i Sydney.

'Cad é a shloinne, mar sin', arsa Deirdre.

Bhí ar Beth a admháil nach raibh sé sin an ar eolas aici. Ní raibh ina sheoladh ríomhphost mar aithint ach 'brad@'.

'Tá dóthain ráite.' arsa Deirdre.

D'fhill an bheirt go dtí an siopa agus sheol Beth ríomhphost ar ais chuig Brad leis an dáta a mbeadh sí i Sydney, agus go mbuailfeadh sí é ar an Satharn ag a trí a chlog taobh amuigh den dánlann nua-ealaín ag na 'Rocks'. Bhí an ceart ag Deirdre maidir le háit neodrach a roghnú chun bualadh le Brad. Cé go raibh sí ina daichidí, le cailín ina fichidí, bean soineanta a bhí inti. Chas sí lena hiarchéile nuair a bhí siad fós ar scoil agus níor smaoinigh sí ar

during her marriage. When her daughter went to Sydney, Beth discovered her husband was in a relationship with a young woman in his office. It was a great blow to her. The breakup was hard on both of them after twenty years of marriage. But to tell the truth, when he left the house for the last time, Beth was relieved. Now, even though she was kind of anxious after the conversation with Deirdre, she was excited at the same time and looking forward to finding out about that interesting man in Sydney.

Lost in her dreams, a 'ping' came and there was a response from Brad saying 'I will be there.'

Two weeks later, Beth was outside the gallery exactly at three. She was still there at four, her legs frozen, and regretting that she had worn those summer shoes, without stockings. She usually did not wait more than twenty minutes for someone who was a little late, but she remained patient there in Sydney. 'The Man who made Time, He made a lot of it.' she told herself. But when a gust of wind blew up the quayside and rain drops started, she had enough of waiting, and she texted Brad. She got no answer. And she got no answer that night back in the hotel, or on Sunday, or on Monday when she flew home to Adelaide.

That Monday she had to get a taxi from Adelaide airport to work because Deirdre was on holiday. But who did she see coming in her direction as she exited, but the man who was sitting next to her on the plane months ago. She called out 'Hello' and stopped in front of him. He looked at her coldly.

'Don't you remember me?' she asked anxiously.

'I remember,' said the man, 'but it is clear to me that you are not interested in remembering me and that you are rude.'

Beth was taken aback. 'When was I rude?'

éinne eile i rith a bpósadh. Nuair a d'imigh a hiníon go Sydney, fuair Beth amach go raibh a fear céile i gcaidreamh le bean óg ina oifig. Ba mhór an buille uirthi é. Bhí an briseadh dian go leor ag an mbeirt acu tar éis fiche bliain. Ach nuair a d'fhág sé an teach don am deireanach, bhí faoiseamh ar Beth chun an fhírinne a rá. Anois, cé go raibh sí saghas imníoch tar éis an chomhrá le Deirdre, bhí sí ar bís ag an am céanna agus ag tnúth le fáil amach faoin bhfear spéisiúil sin i Sydney.

Agus í ar strae ina cuid brionglóidí, tháinig 'ping' agus bhí freagra ó Bhrad a rá 'beidh mé ann.'

Coicís ina dhiaidh sin, bhí Beth taobh amuigh den dánlann díreach ag a trí. Bhí sí ag fanacht ann fós ar a ceathair a chlog, a cosa préachta den fhuacht agus aiféala uirthi gur chaith sí na bróga samhraidh sin, gan stocaí. De ghnáth níor fhan sí níos mó ná fiche nóiméad le duine ar bith a bhí déanach, ach d'fhan sí foighneach ansin i Sydney. 'An Fear a rinne Am, rinne sé go leor de.', arsa sí léi féin. Ach nuair a tháinig séideán mór gaoithe síos an ché agus braonta báistí ag tosú titim, bhí a dóthain aici leis an bhfanacht, agus chuir sí téacs chuig Bhrad. Agus chuir sí trí cinn eile chuige go dtí leath uair tar éis a ceathair. Ní bhfuair sí freagra. Agus ní bhfuair sí freagra an oíche sin nuair a bhí sí ar ais san óstán, nó ar an Domhnach, nó ar an Luain agus í ag eitilt abhaile chuig Adelaide.

An Luain sin bhí uirthi tacsaí a fháil ó aerfort Adelaide go dtí a hobair mar bhí Deirdre ar lá saoire. Ach cé a chonaic sí ag teacht ina dtreo ag an dul amach ach an fear a bhí ina suí in aice léi ar an eitleán míonna ó shin. Ghlaoigh sí 'Dia Duit' amach agus stad sí os a chomhair amach. D'fhéach sé uirthi go fuar.

'Nach cuimhin tú liom?', a d'fhiafraigh sí agus faitíos uirthi.

'Is cuimhin liom' arsa an fear, 'ach is léir dom nach bhfuil suim agat ionam agus go bhfuil tú drochbhéasach'.

Baineadh siar as Beth. 'Cathain a bhí mé drochbhéasach?'

'You should at least have called or texted to say thank you for the flowers I sent you.'

Beth was confused but then it finally occurred to her what had happened. Yes, the flowers that came to the store at that time and that Deirdre thought were for her, were for Beth.

'But there wasn't a name or a phone number with them' said Beth.

'I'm sure there was', the man replied, and then realisation came over his face and he put his hand out.

'My apologies. I am an idiot. Will we start again? My name is Liam.'

Beth's face lit up with happiness. 'My name is Beth and it's nice to meet you again.'

Then they exchanged phone numbers.

At the café a few days later, Beth and Deirdre were looking at the profile that Deirdre had made.

'Will I put it up now', asked Deirdre. 'I'm sure you'll find a nice man online.'

'Wait a while', said Beth. 'I think I've already found a nice man, not online, but on an airline, Qantas airline!'

She took out her phone and showed the selfie of herself and Liam. 'And we're going out together, Deirdre. So don't post that profile, but I need help changing my Facebook page from 'single' to 'I'm in a relationship'.

'As easy as that?' asked Deirdre in surprise.

'Yes, replied Beth. 'He is a nice, honest and open man. I feel comfortable with him. I don't need anything more than that. It's a good start.

'To love', said Deirdre, raising her cup as she deleted the profile.

'To love and friendship', replied Beth with a smile.

'Ba chóir duit ar a laghad glaoch nó téacs ag rá buíochas dos na bláthanna a sheol mé chugat.'

Bhí Beth mearaithe le tamall, ach ansin rith sé léi cad a bhí tar éis tarlú. Sea, na bláthanna a tháinig chuig an siopa an t-am úd agus a cheap Deirdre go raibh siad ar a son, bhí siad ar son Beth.

'Ach ní raibh ainm nó uimhir fón leo' arsa Beth.

'Cinnte go raibh', a d'fhreagair an fear, agus ansin tháinig tuiscint ar a aghaidh agus chuir sé a lámh amach.

'Mo bhrón. Is amadán den chéad scoth mé. An dtosóimid arís? Is mise Liam.'

Gheal aghaidh Beth le háthas. 'Is mise Beth agus is deas bualadh leat arís.'

Ansin rinne siad mhalairt den a n-uimhreacha fóin.

Ag an gcaife cúpla lá ina dhiaidh sin bhí Beth agus Deirdre ag féachaint ar an bpróifíl a bhí déanta ag Deirdre.

'An gcuirfidh mé suas é anois', a d'fhiafraigh Deirdre. 'táim cinnte go bhfaighidh tú fear deas ar líne.'

'Fan tamall', arsa Beth. 'Ceapaim go bhfuil mé tar éis fear deas a fháil cheana, ní ar líne, ach ar aerlínte, aerlínte Qantas!'

Thóg sí amach a fón agus thaispeáin sí féinín, í féin agus Liam. 'Agus táimid ag dul amach le chéile, a Dheirdre. Mar sin ná chuir an phróifíl sin suas, ach tá cabhair uaim mo leathanach Facebook a athrú ó 'singil' go 'Táim i gcaidreamh'.

'Chomh furasta sin?' a d'fhiafraigh Deirdre le hiontas.

'Sea,' a d'fhreagair Beth. 'Fear deas macánta agus oscailte atá ann. Mothaím compordach leis. Níl uaim aon rud níos mó ná sin. Is tús maith dúinn.

'Don ghrá', arsa Deirdre, ag ardú a cupán agus ag scrios an phróifíl.

'Don ghrá agus don chairdeas', a d'fhreagair Beth le gáire.

www.ingramcontent.com/pod-product-compliance
Lightning Source LLC
Chambersburg PA
CBHW070333120726
47909CB00008B/2685